書下ろし

人殺しの血

草凪 優

祥伝社文庫

目次

プロローグ

ドゥ、ドゥ、ドゥ、ドゥ、ドゥ、ドゥ、ドドドゥ……いつもの曲を口ずさんでいる。

深夜零《れい》時。

マリーナを出艇した小型クルーザーは、荒川《あらかわ》を抜けて闇深い東京湾に出た。内海でもそれなりに波が高く、油じみた潮《しお》の香りが鼻先で揺れる。

右手には、東京タワーとレインボーブリッジ。見慣れた景色でも海側から眺めると特別感があり、舟遊びに興ずる富裕《ふゆう》層の気分が味わえないこともない。

クルーザーが川崎《かわさき》沖に差しかかると、巨大な工場がライトアップされているのが見えてきた。聳《そび》え立つ煙突、光り輝くプラント群。メタリックな光沢が海にまで反射した光景は幻想的で、月並みな感想だが、まるで未来都市みたいだ。

ドゥ、ドゥ、ドゥ、ドゥ、ドゥ、ドゥ、ドドドゥ……脳内に鳴り響いてしかたがないから、しつこく口ずさむ。

「わしのなぁ……生まれ育ったところにもよおぅ……」

船長が語りはじめた。六人乗りのクルーザーに乗っているのはふたりだけだが、ひとり言をつぶやくように話をするので、相槌《あいづち》を打つこともない。

「馬鹿でっかい工場があったんだ。町全体が工場で成り立っているようなところでなあ。町の人間はなにかしらその工場と関わって暮らしていた。煙突からのべつ幕なしに吐きだされている黒い煙のせいで町全体が臭いし、工員たちは煤《すす》けたように汚れていて、いまの世の中じゃ考えられないほど荒っぽかった。わしの実家は小さな酒屋を営《いとな》んでいたんだ。店の片隅にちょっとしたカウンターがあって、仕事帰りの工員が原価で焼酎なんかを飲んでるんだが、酔うと喧嘩《けんか》を始めて、血まみれになるまで殴《なぐ》りあうのさ。窓ガラスなんかすぐ割れた。ビール瓶《びん》も一升瓶《いっしょうびん》もウイスキーのボトルも全部割れて、店の中に酒の匂いと血の匂いと怒号《どごう》が渦巻《うずま》いてよう。それが毎晩なんだから気が狂いそうだったな……もう半世紀近く前の話だがね……」

工場にいい思い出がないのなら、なぜいつもこの夜景を見にくるのか、理解できなかった。生活に密着していれば不潔で不快な工場も、こうして見れば美しいとでも言いたいのだろうか。

「それで田舎が嫌になって東京に出てきたんだが……ハッ、なんてことはない。なにもかも、すべての規模が大きくなっただけだった。工場も、空気の悪さも、人の荒さも、ガラスが割れる暴力沙汰《ざた》も、なにもかも……」

ドゥ、ドゥ、ドゥ、ドゥ、ドゥ、ドゥ、ドドドゥ……ドゥ、ドゥ、ドゥ、ドゥ、ドゥ、ドゥ、ドドドゥ……。

船長が好んでやってくるこのあたりの工場夜景は、一般の観光客にも人気のスポットらしいが、この時間になればもう、まわりに船なんて見当たらない。

さっさと仕事をすませてしまおうと、シルバーメタルのスーツケースをデッキに引きずりだし、コールタールのように黒光りする海に落とした。ドボンッ、と水の跳ねる音を聞くと、いつだって映画のエンドマークを見た気分になる。

一二〇リットルある大型スーツケースはさすがに重いので、落としおえると額《ひたい》に汗が滲《にじ》み、息がはずんでいた。

スーツケースの中身は、コンクリート漬けにした人間の死体だ。

第一章　シークレット・パッション

1

柄《がら》にもないことをしている……。

高柳政文《たかやなぎまさふみ》は内心で冷や汗をかきながら、キノコのポタージュをスプーンですくい、口に運んだ。

白金《しろかね》にある一軒家レストラン。完全予約制で客は一日三組限定。それぞれ個室に通されるから、他の客と顔を合わせることもない。

「おいしいですね」

キャンドルが揺れるテーブルの向こうで、入江充希《いりえみつき》が眼を丸くする。個室なのに声をひそめているのは、静かすぎて大きな声を出す気になれないからだろう。キャンドルライトがアンティーク家具を照らしている室内の雰囲気《ふんいき》は、古いフランス映画のワンシーンのように静謐《せいひつ》だ。音楽さえ流れていない。会話が苦手だったり、付き合いはじめて日の浅いカップルなら、かなりの苦行を強《し》いられるのではないだろうか。

「でもわたし、こんなに緊張しながらごはん食べるの初めてですよ」

充希はひそひそ声で言ったが、その顔には天真爛漫《てんしんらんまん》な笑顔が浮かんでいた。緊張さえ楽しめる余裕が、彼女にはあるようだった。

「たまにはいいだろ、贅沢《ぜいたく》したって」

高柳も笑って見せたものの、だいぶひきつっていたはずだ。間違いなく、充希よりも余裕がない。たまにどころか、生涯にそう何度もあるとは思えない舞台に立っている。店の話ではない。充希は前菜とスープをおいしそうに平らげたが、これからの段取りに気をとられている高柳は、緊張で味なんてまったくわからなかった。

「失礼いたします」

白いシャツに黒いベストのボーイがやってきて、スープの皿をさげていった。

次が魚料理で、ワインを選び直して肉料理、デザートに辿《たど》りつくまであと一時間以上はかかりそうだった。本来なら食後のコーヒーでも飲みながら話を切りだしたほうがいいに違いない。そのほうがスマートだろうし、高柳だって最初はそのつもりだったが、もうこの空気に耐えられなかった。

バッグから空色の包装紙に包まれた小さな箱を出した。無言のまま充希に渡すと、

「なんですか?」

不思議そうな顔で受けとった。キャバクラ嬢なら包装紙の色でピンとくるところだが、充希はそういうタイプではない。猫を被《かぶ》っているわけでも、とぼけているわけではない。

「開けてみてよ」

「うん……」

充希は白いリボンをといて空色の包装紙を剝《は》がし、箱を開けた。銀色のチェーンを指でつまみあげ、光り輝く小さな石をまじまじと眺めた。ひと粒ダイヤのペンダント。ティファニーの銀座本店で買ってきた。充希はアクセサリーを身につける習慣がないから〇・七五カラットとサイズは控えめにしておいたが、クラリティもカラーも最高のグレードなので七十万ちょっととした。

ベタなことをやってるな、と内心で苦笑がもれる。しかし、プロポーズなんてベタなものだろう。結婚自体がベタなのだから……。

充希はダイヤを見つめたまま固まっていた。

「指輪のほうがいいんだろうと思ったんだが、邪魔になるだろう? ほら、パンをこねるとき……」

高柳は笑いかけた。彼女はパン屋で働いている。二十一歳という若さながら、事情があ

って店をひとりで切り盛りしなければならない。

「これってダイヤモンドですか？」

「ああ、つけてみなよ」

充希は黒いショートボブの髪を揺らし、ロボットのようなぎくしゃくした動きで、ペンダントをつけた。淡《あわ》いブルーのシャツを着ていた。胸元でダイヤが光り輝くと、雪のように白い肌がひときわ明るくなった気がした。

「結婚、してくれるよね？」

高柳は三十歳、結婚を考えておかしくない年齢だ。少しばかり年が離れているが、関係ない。ふたりには、年の差など取るに足らない絆《きずな》がある。

充希はガタンと椅子を鳴らして立ちあがると、壁に掛かっている木彫りの額に入った鏡と向きあった。胸元を輝かせた自分を見て、まぶしげに眼を細める。

「びっくりした……」

席に戻ってきた充希の顔は思いきりこわばっていたが、笑っていた。高柳も笑い返す。どうやら、拒絶されることはなさそうだ。

「ちょっとごはん食べに行こうってこんな素敵なお店に連れてこられて、おまけにプロポーズまで……」

「タイミングはともかく、プロポーズは意外じゃなかっただろう？」

「うん、それはそうかも」

充希がうなずく。

「結婚するなら高柳さんなんだろうな、って思ってたし」

高柳は大きく息を吸い、吐きだした。胸が熱くなっていくのをどうすることもできない。誤魔化すように咳払《せきばら》いをしてから続けた。

「いまの仕事辞めて、パン屋を手伝おうと思ってる」

「冗談でしょ？　ふたりも食べていけないよ。ってゆーか、わたしひとりだって貯金を切り崩して生活してるのに……」

「考えたんだ」

高柳はテーブルに身を乗りだした。

「ミニバンを改造して移動式のパン屋をやったらどうだろう？　いまの場所にこだわってないで……」

充希が大きな黒眼をくるりとまわす。

「移動式のパン屋さん？　楽しそうですね」

「いまさ、高齢化で買い物難民とか問題になってるじゃないか。はるか昔に開発された大規模団地とか、そういうところまわれば、けっこう需要もあると思うんだよ」

「またまたびっくり。高柳さんって、そんなこと考えてる人だったんだ」

「そりゃ考えるさ、生活がかかってる」

「わたしがいま楽しそうだと思ったのはね、パン屋さんのクルマに乗って全国を旅したらどうかなって……高柳さんとふたりで……泊まるのも星空の下でキャンプとかして……やだもう、ダイヤモンドなんかもらっちゃったから、わたし浮かれてる」

「浮かれればいい」

　高柳は笑顔でうなずいた。

「未来に希望がもてるのは、とてもいいことだ」

　魚料理が運ばれてきた。ボーイが食材や調理法についてあれこれ説明を始めたが、高柳は聞いていなかった。充希と見つめあっていた。キャンドル越しに見える黒い瞳が、ほのかに潤《うる》んでいるように見えた。

　綺麗だった。光があたると天使の輪ができる黒髪に、輝くような白い素肌。眼鼻立ちは端整《たんせい》で、驚くほど顔が小さい。化粧をほとんどしていないので、いまどきの女子っぽい華やかさはないけれど、野菊のような可憐《かれん》さがある。

　ボーイの説明は続いていた。耳を傾ける気にはなれなかったが、魚料理の皿から漂ってくるバターが焦《こ》げる匂いには感嘆《かんたん》していた。その匂いだけで、大枚《たいまい》を叩《はた》いた価値があるような気がした。

　幸福の象徴のように、高柳には感じられた。充希が焼くコッペパンの匂いを、何倍にも凝縮したような……。

店を出ると、乾いた夜風が吹きつけてきた。

日中はまだ気温が二十度を超える日もあるが、夜になるとすっかり秋の気配だった。高柳はスーツを着ているが、充希は淡いブルーのシャツに黒いフレアスカートだけなので少し寒そうだ。

「あー、お腹いっぱい」

それでも、充希は寒さなど微塵《みじん》も感じていない様子で、腹をさすりながら笑っている。いまの料理が本当に全部収まっているのかと首をかしげたくなるくらい、彼女のウエストは細い。

その一軒家レストランは、他に飲食店など一軒もない高級住宅街の中にあった。隠れ家的、というやつだ。店の外観にもレストランらしさはなにもなく、一般の住宅を改装している。照明の入った看板さえなく、門のところに店名のプレートが控えめに設置されているだけだ。

「ああいうお店って、芸能人とかがお忍びで来るんでしょう?」

暗い夜道に遠慮して、充希はひそひそ声で言った。細い道ばかりが続くそのあたりは、クルマはおろか、通行人の姿さえまったく見当たらない。ようやく静謐な空間から解放されたはずなのに、大声で話す雰囲気ではない。

「まあ、そうだろうね」

高柳はうなずいた。料金的にも、普通のサラリーマンが利用できるところではなかった。芸能人でない顧客は経営者か資産家か投資家か、経費を潤沢《じゅんたく》に使える大企業の役員か、あるいは高柳のように、キャバクラのオーナーとしてあぶく銭を稼《かせ》ぎだしているか。

「今日は店に行かなくていいから、もう一軒行こうか?」

時刻は午後八時を少しまわったところだった。

「耳貸して」

充希が意味ありげに眼を細めて言った。彼女は小柄で、高柳は身長が一八〇センチ以上あるから、屈《かが》まないと耳は貸せない。

「次はもうエッチでいいよ」

高柳は横眼で充希を見た。クスクス笑ってる。

「今日の高柳さん、気合い入ってるから、夜景の見えるバーとかに連れていかれそう。かしこまったところばっかりだと、疲れちゃう」

「じゃあ、夜景の見えるホテルでエッチするか?」

眼を見合わせて笑う。ふたりがいつも愛しあっているのは、高柳の自宅マンションだ。ベッドがセミダブルだから、少し窮屈《きゅうくつ》だ。たまには豪華なホテルの広いベッドで体を重ねるのも悪くない。

「聞こえなかったんですか？　かしこまったところは疲れます」

「裸になってリラックスすればいい」

首筋をくすぐってやると、充希はキャッキャと声を跳ねあげた。彼女は首筋がとびきり敏感な体質なのだが、そんなふうにはしゃぐのは珍しい。

すぐに反動がきた。路上に立ちすくんでうつむいた。笑顔が跡形もなく消え去って、唇《くちびる》を噛《か》みしめている。

「どうした？」

「いまわたし、すごく幸せな気分だった」

「いいことじゃないか」

「でも……」

充希が顔をあげる。泣き笑いのような表情をしている。

「わたしなんかが、幸せになっていいのかなあって……」

「いいに決まっている」

おまえはなにも悪くない、という思いを込めて小さな背中をさすってやる。

「俺が幸せにする。絶対に……それだけは約束する」

充希は殺人者の娘だった。

父親が人を殺《あや》めた。しかしそれは父親の罪であって、彼女の罪ではない。幸せになることに、ブレーキをかける必要などない。

充希にしては珍しく、キスか抱擁《ほうよう》を求める雰囲気で、上目遣いをこちらに向けたときだった。

クルマがやってくる気配を感じ、高柳は夜闇に眼を凝《こ》らした。

黒いアルファードが目の前の十字路をゆっくりと横切っていく――ように見えて、途中で停まった。

あきらかに不自然だった。まるでこちらの行く手を遮《さえぎ》ろうとしているかのようだ。あたりに不穏な空気が流れた次の瞬間、後ろからもう一台、セダンがやってきた。ハイビームがまぶしく、運転手の姿を確認できない。停車して、人が降りてきた。三人いる。殺気が揺れる。全員が黒い目出し帽を被り、金属バットを持って近づいてくる。

「ちょっと顔貸してもらえませんかね？」

怯《おび》えた充希が、高柳の背中に隠れた。しかし、背後のアルファードからも、人が降りてきた。同じように目出し帽を被り、バットを手にした男たちが……。

2

高柳が経営しているキャバクラ店〈エバーグリーン〉は、ＪＲ五反田《ごたんだ》駅東口を出てすぐのところにある歓楽街、五反田有楽街《ゆうらくがい》の中にある。

雑居ビルの三階、テーブル数は二十で、いわゆる中箱《ちゅうばこ》の店だ。中箱とはいえ、在籍している女の子は六十人を超え、一日に三十人は出勤させなければならない。加えて男性スタッフも七、八人いるから、管理するのは簡単ではない。

以前は毎日通っていたが、ここひと月ばかりは週に一度しか顔を出していなかった。自分がいなくても店がまわる態勢が整ったからだ。ただ、その日は共同経営者である斉門重《さいもんしげ》雄《お》に込みいった話があり、営業開始直後の午後八時に店に入った。

襲撃される三日前のことである。

高柳が店の扉を開けると、

「お疲れさまです！」

若い黒服が頭をさげてきた。

「斉門は？」

「いえ、今日はまだ……」

「そうか……じゃあ少し飲んでいくよ」

「女の子はつけますか？」

「ツバサを呼んでくれ」

　高柳はいちばん奥にあるボックス席に腰をおろした。店内は間接照明が駆使《くし》され、スタイリッシュな雰囲気を売り物にしている。薄闇の中、壁を照らしているショッキングピンクのライトが扇情《せんじょう》的だ。

　まだ客は数組しか入っていないようだったが、心配ない。〈エバーグリーン〉は五反田界隈《かいわい》では屈指《くっし》の人気店で、ひと晩で三百万近い売上がある。

　おしぼりで丁寧に手を拭《ぬぐ》い、黒服がつくってくれたウイスキーの水割りを飲んでいると、ツバサがやってきた。

「やっほー、いらっしゃいませー、ご指名ありがとうございまーす」

　ふりふりしたミニのドレスを揺らしながら、猫耳のついた頭をペコリとさげる。白とピンクのドレスの色が、胸焼けしそうなほど甘ったるい。アニメだかゲームだかのコスプレらしい。アキバなら珍しくもない格好だが、シックなドレス姿の女が揃った〈エバーグリーン〉では異色の存在である。

「ったく、見るたびに地下アイドルみたいになっていくな……」

　隣に座ったツバサを横眼で見ながら、高柳は溜息をついた。

「お店の雰囲気にそぐわないと思ってますか？　わかってないなー。わたしがいることで他の女の子が美しく見えるんですよ。スイカにかける塩みたいな？」

謙遜《けんそん》していても、ツバサの売上は悪くない。数はそれほど多くないが、熱心に通いつめてくる信者のような指名客がいるからだ。

「自分のお店なのに今日はお客さんなんですか？」

「最近真面目《まじめ》に働いてないからな、ちょっとは売上に貢献しようと思ってさ」

「いいですねえ。貢献しましょう、貢献。ドリンク頼んでいいですか？」

「……ああ」

ツバサは手をあげて黒服を呼び、パクチーモヒートを注文した。

「ちょっと待て」

高柳は黒服を呼びとめた。

「ラム抜き、パクチー大盛りでな」

「ええーっ！」

「おまえ未成年だろ」

「いいじゃないですかぁ……ケチぃ……」

ツバサは十八歳の大学生なので、平均年齢二十六、七歳のキャスト陣の中で群を抜いて若い。

若い女は普通、六本木《ろっぽんぎ》や新宿歌舞伎町《しんじゅくかぶきちょう》で水商売デビューする。飲み屋と性風俗店とラブホテルが混在している五反田はイメージがあまりよくないから、昨日まで女子高生だった未成年には敬遠される。ツバサに言わせれば、五反田はサラリーマンの街なので、大学の友達に見つかるリスクが少ない、ということになるらしいが。

見つかるわけがない、と高柳は思っている。

ツバサはそもそも女ではなく、女装をした「男の娘《おとこのこ》」なのだ。

男の体形をコスプレで誤魔化しているわけではない。ごく普通のワンピースを着て面接に訪れたツバサの正体《しょうたい》を、高柳は見破れなかった。生来《せいらい》の女顔に加え、メイクのテクニックが抜群《ばつぐん》なのだ。声優のように、声音《こわね》も自在に操れる。細身の体形こそ少年っぽいけれど、そんな女はいくらでもいるし、バストやヒップが豊満でないほうが、いまどきのおしゃれな服との相性はいい。

「なんで女装してるんだ？」

以前、訊《たず》ねてみたことがある。ある出来事のせいで、高柳は店でひとりだけツバサの秘密を知ることになった。

「やっぱり女に生まれてきたかったのかい？」

「違いますよー」

ツバサはケラケラと笑っていた。

「みんなが騙《だま》されているのが面白いだけです。普段は男だし。大学だって男の格好で行ってますから」

「要するに根性が曲がってるわけか。人を欺《あざむ》いて陰で笑って」

「性格が悪いのは否定しません」

「男と女、どっちが好きなんだい？」

「恋愛対象ですか？　だから女ですよ。こっちは男なんですから」

「ふーん」

こっちは男と言われても、リアリティがなかった。ツインテールがよく似合う、可愛い顔をしているのだ。

「納得いかないみたいですねえ。まあ正直言えば、男にもちょっとグラッとするときがありますよ。高柳さんみたいな男前だったら、お口でおしゃぶりくらいしてあげてもいいかなあーなんて……にっ、睨《にら》まないでくださいよ。冗談なのに、やだな。高柳さん、怒ると怖いから嫌い」

「ガキのくせに、冗談が下品すぎるんだよ」

高柳はツバサと話すのが嫌いではなかった。十五歳で上京してきて以来、ずっと夜の街で糊口《ここう》をしのいできたけれど、キャバ嬢やホステスと仲良くなった試しはない。苦手意識があるからだった。女を売り物にしているキャバ嬢やホヌテスは、一般人より何十倍も女が過剰だ。

ツバサにそれを感じないのは、やはり同性のせいなのか。あるいは、口には出さなくても、女装をせずにはいられないなにかを抱えていて、そういう人間特有の距離感が心地いいからか。理由は定かではないが、不思議なくらいリラックスできる。

「それで……」

ストローでパクチーモヒートもどきを飲んでいるツバサに、小声で訊ねた。

「最近はどうなんだ、店のほうは？」

「いつも通りの平常運転」

「チーフも？」

「いつ見ても無駄にニコニコしてますねー。眼は笑ってませんけど」

「そうか……」

遠くに、チーフマネージャーの唐須《からす》一彦《かずひこ》が見えた。過剰なつくり笑顔を浮かべて、黒服に指示を出している。共同経営者の斉門が唐須を連れてきてチーフのポジションに据えてからひと月あまり、店の売上は堅調らしい。

唐須はポマードたっぷりの横分け。銀縁《ぎんぶち》メガネの奥に光るキツネ眼。背が高く、肩幅も広いから、ブラックスーツを颯爽《さっそう》と着こなした姿は様になっている。ただ、年は四十がらみ。高柳は、斉門がなぜ自分たちより十も年上の男を部下として店に入れたのか、真意を測りかねていた。

年齢なんて関係ない、要は仕事ができるかできないかだ、と斉門は言っていた。頭のキレる斉門が太鼓判《たいこばん》を押したとおり、唐須は実際仕事ができた。おかげで高柳はやることがなくなり、店にも顔を出さず左団扇《ひだりうちわ》を決めこんでいるわけだが、やはりどうにも納得がいかない。

唐須という男がよくわからないからだ。世田谷《せたがや》出身で私立の有名大学卒、広告会社に就職したものの二十代の終わりに水商売に転じ、六本木のクラブやラウンジで黒服としてのキャリアを積んだ……そういうプロフィールを聞かされても、胸に響くものがなにひとつなく、話をしていると苛々《いらいら》してくるのが唐須という男だった。

そこで高柳は、ツバサを使って唐須の様子をうかがわせている。どんな小さなことでもいい、気になることがあったらＬＩＮＥで報告しろと言ってあるが、このひと月でわかったのは、ツバサはスパイに向いていない、ということだけだった。他人を欺くことが大好きでも、基本的に他人に興味がないのである。

「いらっしゃいませ」

背の高い女がやってきた。上村真央《うえむらまお》、二十七歳。斉門の恋人である。

「おまえ、もういいぞ」

ツバサと入れ替わる格好で、真央が隣に腰をおろす。ひと昔前のレースクイーンのような、黒いエナメルのタンクトップとホットパンツ姿だった。胸の谷間やウエストも露《あら》わなら、太腿《ふともも》もほとんど全部剝《む》きだしで、眼のやり場に困る。

「斉門はなにをやってるんだ?」

「さあ……」

真央は曖昧《あいまい》に首をかしげた。クールな性格なのだが、このところそれに輪をかけて妙に冷たい。理由はわからない。

「とくになにも言ってなかったから、そろそろ来るころだと思うけど……ドリンクいただいていいですか?」

「……どうぞ」

真央は手をあげて黒服を呼び、レッドアイを頼んだ。

「最近、調子はどうだい?」

「もう入店して三カ月だから、仕事には慣れてきたかな。あんまりこういうこと言いたくないですけど、お水ってびっくりするくらい稼げるんですね。前の仕事で頑張ってたのが馬鹿みたい」

真央はもともと表参道《おもてさんどう》ヒルズにあるアパレルショップで店長をしていた。斉門とはその当時から付き合っていたのだが、斉門に何度も頭をさげられて〈エバーグリーン〉で働きはじめた。

「女の子の人数が足りないんだよ。おまえくらい美人ならアパレルなんかよりずっと稼げるし、絶対向いていると思うからさ」

　実際、真央は美人だった。眼鼻立ちのキリッとした、これぞアジアンビューティといった顔に、スレンダーなモデル体形。クールな性格ながら接客業出身らしく話術も巧《たく》みで、あっという間に売上上位に名を連《つら》ねることになった。

　入店前は水商売にかなりの抵抗があったようだが、人気が出て、稼ぎがよくなれば気持ちも変わるものらしい。

　だが高柳は、斉門が真央を店に誘った本当の理由を知っていた。女の子の人数は足りていたので、どういうつもりか問いただしたのだ。

「なにも自分の女を引っぱりこむことないんじゃないのか。ちゃんとした昼職があるんだろう？」

「いやいや、自分の女だからこそなんだよ。あいつが他の男に口説《くど》かれてるところを見ると、すげえ燃えるんだ。太腿なんか撫《な》でられた日には、家帰ってからすごい勢いで求めちゃうからね。やっぱ、嫉妬《しっと》は愛の原動力だな」

　性欲の原動力じゃねえか、と高柳は思ったが言わなかった。ネトラレ願望というやつだろうか。人の性癖に文句をつけるつもりはないが、ついていけない。

　おかげで真央はとびきり露出度の高い服ばかりを斉門に押しつけられ、入店当初はバックヤードでよく泣いていた。とはいえ、いまではみずから率先してエロティックな衣装を身にまとっている。客に身を寄せ、セクハラを誘う素振《そぶ》りまで見せるのは、嫉妬が性欲の原動力であることを身をもって実感しているからだろうか。

「おいおい、なんでこんなところで飲んでんだ？」

ようやく斉門が姿を現した。ひょろりとした体軀《たいく》に、鳥の巣のようなもじゃもじゃの髪。紫色のスーツを着ている。笑ってしまいそうなほど派手な色だが、不思議と斉門にはよく似合う。

「どうせならＶＩＰルームでパーッとやれよ。女の子たくさん呼んでさ。まだ暇だからみんな喜ぶぜ」

「またにしとく」

高柳が苦笑すると、斉門も苦笑して真央の隣に腰をおろした。Ｌ字形のコーナーに、真央を挟《はさ》んで相対する格好だ。

「でも、ちょうどよかったぜ。話があったんだ……」

斉門はせわしなくマールボロメンソールを口に咥《くわ》えると、真央に火をつけさせ、白い煙を吐きだした。事務所は別として、店内は禁煙なのに、斉門はよく禁を破る。まあ、まだ客が少ないので見逃してやろう。

「恵比寿《えびす》にさ、いい物件が出てるんだ。ちょっと凝《こ》った内装のバーなんだが、居抜きで入ればガールズバーにちょうどいい。おまえも唐須さんに仕事取られて暇でしょうがないだろ？　二号店、そろそろ実現してもいい頃合いだと思うんだ。もうひと儲《もう》けしようぜ、ガールズバーで……」

高柳は薄くなった水割りを飲んだ。氷が溶けていることに気づいた真央が、あわててつくりなおしてくれる。

「内装に金をかけなくていいぶん、セクシーな制服つくってさ。そういうの得意なデザイナーと知りあったんだ。露出度が高くてもカッコよけりゃあ女の子も喜んで着るだろうし、客だって興奮するだろうし、みんなでハッピー間違いなし……」

高柳は黙って聞いていた。話の内容はあまり頭に入ってこなかった。

最近の斉門は、顔を合わせれば金儲けの話しかしない。二号店はまだいいほうで、健康食品だとか、体内が浄化される水だとか、挙《あ》げ句《く》の果てには霊験《れいげん》あらたかな御札キーホルダーなんてものの話まで、真顔でする。金儲けがしたくてしようがないらしい。こう言っては悪いが、高柳の眼には金の亡者《もうじゃ》にしか見えない。

昔はそうじゃなかった。「とにかく面白いことがやりてえんだ」というのが口癖だった。好奇心旺盛《おうせい》な少年がそのまま大人《おとな》になったようなところがあり、ドロップアウトのきっかけは大学受験のときにカンニングをしたからだという。

「こう見えて、合格確実だって言われてたんだぜ。でもなんかカンニングしてみたくなっって、思いつきでやったら見つかっちまったんだ、東大の二次で。当時はニュースにまでなって、校長が記者会見開いて謝るくらいの大騒動だよ。おかげで大学進学そのものがパーになって、家出同然で上京さ」

そう言ってケラケラ笑っているところは、客を欺いて腹の中で舌を出しているツバサに、ちょっと似ていた。

知りあったのは三年ほど前になる。ほぼ同時期に〈エバーグリーン〉で働きだした。高柳は人見知りなほうなのだが、斉門は人懐《ひとなつ》こい性格だった。歳が同じでお互いに地方出身、上京してから盛《さか》り場の底辺を這《は》いずりまわってきたという経歴も似たようなものだったから、わりとすぐに気の置けない仲になった。

だが、固い絆ができたいちばんの理由は、〈エバーグリーン〉の前オーナーの存在が大きい。とんでもない暴君で、黒服は毎日のように殴られていた。些細《ささい》な不始末で、キャバクラ嬢たちの前で全裸で土下座《どげざ》させられたことまである。高柳と斉門以外、黒服は全員辞めていった。新しく入ってきた人間も、ひと月もてばいいほうだった。

「面白くねえな……」

殴《なぐ》られた頰《ほお》をさすりながら、斉門はよく言っていた。

「こんなことで逃げだすのは、面白くねえ……」

高柳も同感だった。理不尽《りふじん》な暴力に耐えかねて逃走——あまりにも陳腐《ちんぷ》だった。月並みすぎて眩暈《めまい》がした。陳腐で月並みなことを自分に許したら、将来は知れたものだと思った。殴られるたびに、意地でも辞めてやるものかと決意を新たにした。

身長一八〇センチ超でガタイのいい高柳と違い、斉門はガリガリに痩《や》せていて見るからに暴力には縁がなさそうなタイプだった。にもかかわらず、高柳と同じように殴られていても心が折れなかったのだから、見上げた根性だと感心した。

暴君を店から追いだし、ふたりで〈エバーグリーン〉の実権を握ったのが一年ほど前のこと。

最初のうちは売上を維持するために必死で働いていたが、店が軌道に乗ってくると、斉門は金の亡者になっていた。ここ一、二カ月、唐須をチーフに登用した前あたりから、とくにひどい。高柳は自分との温度差に、何度も呆然《ぼうぜん》とさせられた。

金儲けが悪いとは言わない。しかし、順調な店を訳のわからない他人にまかせ、事業を拡大する必要などあるのだろうか。金なんてそこそこあれば充分なのだ。だいたい、霊験あらたかな御札キーホルダーを売りさばくことの、いったいどこが面白いのだろう？　そんなものはただのモンキービジネス、インチキ宗教と大差ないではないか。

「すいません」

黒服がやってきて、真央に目配《めくば》せした。指名が入ったらしい。真央はレッドアイを飲み干すと、

「ごゆっくりどうぞ」

高柳に営業スマイルを残して去っていった。彼女をL字コーナーから出すために立ちあがっていた斉門が、席に座り直す。二本目の煙草《たばこ》に火をつけようとする。

「実はよ、ガールズバーよりもっと儲かる話があって……」

「興味ねえよ」

高柳は遮って言った。

「それより、俺も話があるんだ」

「なんだよ？　真面目な顔して。怖いなあ……」

斉門はおどけた調子で笑ったが、高柳は真顔を崩さなかった。

「この仕事から足を洗いたい」

「はっ？」

斉門はさすがに顔色を変えた。

「この店は唐須のおっさんにまかせて、おまえはガールズバーでもなんでもやればいい。俺はおりる」

「ちょっと待てよ。突然なにを言いだすんだ？　なにが気にくわない？　唐須さんとそんなに反《そ》りが合わないのか？」

「そうじゃない」

高柳は静かに首を横に振った。

「幸せにしたい女ができたんだ」

3

三カ月ほど前――。

梅雨《つゆ》の長雨がようやくあがり、久しぶりに青空が顔を出した日のことだった。

午後一時、高柳はいつものようにひどい宿酔《ふつかよ》いで眼を覚ました。毎晩、気絶するほど飲まなければ眠れない。酒しか暇つぶしの方法を知らないなんて教養のない証拠だぜ、と斉門にいつも笑われているが、実際に教養なんてないのだからしかたがない。

熱いシャワーで頭痛を緩和してから、食事をするために自宅マンションを出た。最近、下腹のたるみが気になりだしたので、締めのラーメンを食べるのをやめていた。となると、寝起きの空腹感、いや飢餓《きが》感がすごい。

高柳の住む北品川《きたしながわ》にはちょっとした商店街があり、蕎麦《そば》屋、洋食屋、中華料理屋などが揃っている。どこも庶民的な個人経営の店で、チェーン系のファミレスやファストフードが苦手な高柳にはありがたかった。

ぼんやりと歩いていると、商店街に出る一本手前、裏道にあたるところで、不思議な光景に出くわした。〈コッペパンの店　入江屋《いりえや》〉。色褪《あ》せたコカコーラの看板にそう書かれている、異様に年季の入った店があった。

存在自体は知っていたが、高柳が北品川に引っ越してきた一年前から、ずっとシャッターが閉まったままだった。店の老朽《ろうきゅう》化とともに主人も年をとって引退してしまったのだろうと思っていた。昔ながらの店が後継者もなく潰れていくのは悲しい光景だが、珍しいことではない。

その店が営業していたのである。

なにしろ飢餓状態だったので、天丼と蕎麦のコラボにしようか、あるいはカツカレーの大盛りか、などと考えていた高柳に、普通ならパンという選択肢はない。もっとがっつりしたものを食べたかったわけだが、好奇心に負けてガタピシと軋《きし》む木枠の引き戸を開けてしまった。

パンならあとで食べてもいい――そう思いながらガラスケースの中をのぞきこんで、小《こ》躍《おど》りしそうになった。いわゆる総菜パン、コッペパンに焼きそばやナポリタンやハムカツやコロッケがサンドされたものが並んでいたからである。

総菜パンは大好物だった。中学生時代によく買い食いしていた。ただ、東京に出てきてからは、ほとんど食べた記憶がない。総菜パンを扱っている昔ながらのパン屋を、街角で見かけることがないからだ。

駅ビルに入っているような気取ったベーカリーは、女性客目当てがあからさまで、どうにも食指《しょくし》が動かない。おかげでパンを食べる機会が激減したが、パンそのものを嫌いになったわけではなく、懐かしい総菜パンと再会できて嬉しかった。

「いらっしゃいませ」

奥から店員が出てきた。

それが充希だった。

レトロな店構えと総菜パンを主力商品にしていることにも驚かされたが、白い割烹着姿《かっぽうぎ》の充希もまた、昭和の時代からタイムスリップしてきたような素朴《そぼく》な女の子だった。キャバクラで、華やかに着飾った香水の匂いがする女とばかり接しているせいかもしれない。黒髪のショートボブに化粧っ気《け》のない顔、なにより清潔な白い肌をした充希の姿は新鮮だった。まだ少女の面影《おもかげ》を残していると言っていい、驚くほどの透明感に見とれてしまいそうになった。

とはいえ、いい大人が鼻の下を伸ばしているわけにもいかず、

「ええーっと、全部ひとつずつください」

気を取り直して注文した。総菜パンは全部で六種類あった。ついでに五〇〇ミリリットルの牛乳パックも買って店を出た。総菜パンには、コーヒーでも紅茶でもソイラテでもなく、冷たい牛乳がいちばん合う。ついでに言えば、食卓で食べるより、青空の下で食べた

ほうがずっとうまい。

〈入江屋〉の前は、小さな公園になっていた。遊具も砂場もない殺風景《さっぷうけい》な公園だったが、ベンチはあった。まるで〈入江屋〉で買ったパンをここで食べろと言っているようなシチュエーションだったので、迷わずベンチに腰をおろした。

タマゴサンドからかぶりつくと、しみじみとうまかった。初めて食べるのに、初めての気がしない。懐かしさに胸が熱くなったと言ったら大げさだが、毎日でも飽きずに食べられそうな味である。ちょっと甘めで香ばしいコッペパン、そこからこぼれそうになっているマヨネーズ味のタマゴサラダ。

喉《のど》を鳴らして牛乳を飲み、焼きそばパン、コロッケパン、とやっつけていく。冷めてもおいしい焼きそばやコロッケは本物だ。六個全部平らげることができそうだったが、牛乳が足りなくなりそうだった。一リットルのパックにしておけばよかったと後悔していると、視線を感じた。

ベビーカーを押しているママの集団が、三メートルほど離れたところからこちらを見ていた。全部で三人、眉《まゆ》をひそめて小声で話している。

このベンチは普段、ママ友たちの憩《いこ》いの場なのかもしれなかった。しかし、ここは公共の公園。そういう縄張り意識ほど不快なものはない。やくざと一緒だ。

高柳は立ちあがって近づいていくと、

「なんですか?」

と声をかけた。

「飯食ってるところジロジロ見られると気分悪いんですけどね」

「いえ、そんな、べつにジロジロなんて……」

ママのひとりが口ごもり、

「そこのパンを食べてるんですか?」

別のママが訊ねてきた。〈入江屋〉を指差している。

「そうですけど、それがなにか?」

高柳が凄《すご》むと、ママたちは視線を交わしてそそくさと立ち去っていった。意味がわからなかった。せっかく気分よく食事をしていたのに、どうしてこんな目に遭《あ》わなければならないのだろう。

ベンチに戻ろうとすると、パリン、と音がした。ガラスが割れる音だ。〈入江屋〉の引き戸のガラスが割れていた。

石でも投げこまれたらしい。犯人が自転車で走りだすのが見えたので、高柳は反射的に追いかけていた。ひどいことをする。充希が——そのときは名前も知らなかったから、白い割烹着を着た化粧っ気のない女の子が悲しんでいるところを想像すると、走る両脚に力がみなぎった。

「待てこらっ！」

角を曲がったところで追いつき、後ろからジャージの襟《えり》をつかんだ。力まかせに引っぱって、自転車ごと転ばせた。うずくまった腹を蹴りあげようとしたが、やめておいた。どう見ても中学生くらいの少年だったからだ。

「おい……」

襟首をつかんで立ちあがらせる。少年は眼光鋭《がんこうするど》く睨んできた。なかなかいい根性をしている。こちらのほうが二〇センチも背が高いのに。

「なんで石なんて投げた？」

少年が顔をそむけたので、髪をつかんだ。毛根から抜くような勢いで引っぱってやると、さすがに涙眼になってきた。

「だって……あそこ人殺しの店だろ」

高柳は少年の髪から手を離した。視線をはずし、呆然と立ちつくした。学生証を確認して親と一緒に謝りにいけと言うつもりだったが、少年が自転車に乗って逃げだしていっても、追いかけることができなかった。

高柳は〈入江屋〉についての情報を集めた。

出勤前に顔を出すことが多い割烹料理屋の大将は、こんなふうに言っていた。

「〈入江屋〉さんは昔っからあるお店でね。娘さんが継いだら、三代目になるんじゃないかな。でもまさか営業再開するとは思わなかったよ。建物自体がかなり古いでしょ？　それにやっぱり、あの事件が……おとなしそうなご主人だったのに、人は見かけじゃわからないもんだねえ。娘さんの女友達を殺めちゃったっていうんだから……しかも、娘さんの勉強部屋で……いやいや、あの店でじゃない。先代は二階に住んでたけど、もうずいぶん昔に引っ越して、こっちには店があるだけ。だから娘さんがどういう人なのかもわからないんだけど……まさかねえ、このあたりじゃみんな知ってる話だから、店開けたっていい顔する人いないよ……」

他にも、喫茶店のマスター、スナックのママなどに話を聞き、当時の新聞やネットニュースを確認してみたところ、次第に事情がわかってきた。

事件が起こったのは二年前——。

当時十九歳だった入江充希と両親が暮らす、大森《おおもり》の一戸建て住宅でのことだ。ある日曜日、充希の高校時代のクラスメイトである沢本《さわもと》可奈《かな》が自宅に訪ねてきた。両親を含めた四人で出前の寿司などを食べたあと、充希と可奈は充希の部屋でふたりきりになった。元クラスメイトだから、積もる話もあったのだろう。

どこにでもある、平和な日曜日の光景だったはずだ。しかし、どういう経緯なのか定かではないが、惨劇が起こってしまう。充希がトイレに行っている間に、充希の父親の栄一《えいいち》がカッターナイフで可奈の喉を切り裂いたらしい。現場はおそらく、なにもかも血の色に染まって、恐ろしいことになっていたはずだ。

経緯が定かではないのは、自首した栄一がすぐに署内で自殺してしまったせいだった。取り調べがほとんどできなかったのである。充希も母親も、動機に心あたりはまったくないと証言したという。

栄一はきわめて評判のいい人間で、誰に訊ねても「無口だが笑顔を絶やさない穏やかな人」という答えが返ってきたらしい。そんな人物がなぜ娘の友達を、しかも娘の部屋で殺害するに至ったのか──謎が謎を呼び、ゴシップ雑誌は薄汚い推測を書きたてた。

栄一と可奈が密かに男女の関係を結んでいたのではないかというものだが、被害者の可奈もまた、高校時代は陸上部のキャプテンを務める優等生タイプだったことから、誰もが「あり得ない」と首を横に振ったという。

事件が起こった直後には、〈入江屋〉にも取材のカメラマンなどが大挙して押しかけたらしい。高柳が北品川に引っ越してきたのは事件から一年後のことなので、すでにそういうことはなくなっていた。主人を失った〈入江屋〉のシャッターは閉まったまま、事切れたように眠っていた。

それから半月ほど、高柳は毎日〈入江屋〉に通いつめた。

欠かさず六個の総菜パンを買い、公園のベンチに座って食べた。季節はすっかり梅雨から夏に移りかわり、日除けのないベンチは暑くてしようがなかったし、前を通りすぎていくママさんたちには決まって眉をひそめられたが、そんなことより、日に日に表情を曇らせていく充希のほうが心配だった。

出入口の横の壁に紙が貼られていたことがあった。二年前の事件を報じた新聞記事のコピーだった。高柳は黙ってそれを剝《は》がし、ポケットに突っこんだ。あるときは、店の電話が鳴りやまなかった。レトロな店内にぴったりな黒電話は微笑《ほほえ》ましかったが、どうせ嫌がらせの電話だと思ったのだろう、充希が唇を嚙みしめながら電話線を抜いているのを目撃してしまった。

高柳が知らないところでも、彼女はおそらく、様々な形で嫌がらせを受けていたに違いない。そのうえ、どう見ても繁盛《はんじよう》していない。かつては家族三人が食べていける程度には稼げていたはずなのに、いつ行っても他に客の姿はなく、たとえ嫌がらせなどなかったとしても、早々に経営が行きづまるであろうことは火を見るよりもあきらかだった。

高柳は暗澹《あんたん》たる気分になった。

充希がなにか悪いことをしたのだろうか？

彼女が罪を犯したわけでもないのに、この仕打ちはあまりにも理不尽ではないか？

その日は、陽が傾いても嫌になるほど蒸し暑く、蟬《せみ》の鳴き声がやたらと耳障《ざわ》りな日だった。

「いらっしゃいませ」

ガタピシと軋む引き戸を開けて店内に入ると、ガラスケースの向こうで肩を落として椅子に座っていた充希が、はじかれたように立ちあがった。高柳の顔を見て、笑った。常連客の証、というだけではなかった。

その日二度目の来店だったからだ。昼にも来て、いまは夕方。

ガラスケースの中に並んでいる六種類の総菜パンは、すべて四つずつ残っていた。昼に来たときは五つずつあり、高柳がひとつずつ買っていった。おそらくあれから、客がひとりも来ていない。

「全部もらうよ」

高柳はガラスケースを指差して言った。

「残ってるやつ、全部もらう」

充希はさすがに申し訳なさそうな顔になった。

「いいんですよ、そんな……気を遣っていただかなくて……」

「そうじゃないんだ。こう見えて、飲み屋を経営していてね。女の子たちが小腹をすかしたときに、ちょうどいいじゃないか。ここの総菜パン、本当にうまいし」

充希の表情は晴れなかった。

「もしかして、わたし、同情されてます?」

「いや」

高柳は首を横に振った。

「じゃあ、どうしてやさしくしてくれるんです?」

挑むような眼で見つめられ、高柳は押し黙った。日暮れを惜しむような蟬の鳴き声が、次第に遠くなっていった。狂ったように暴れる自分の心臓の音だけが、高柳の耳に届いていた。東京に来てから誰にも話していない、二度と口に出すつもりがなかったことを、彼女に伝えなければならないようだった。

「同じだからさ」

「えっ?」

「俺も人殺しの息子なんだ」

4

高柳は九州のとある地方都市で生まれた。

子供のころの記憶は、古ければ古いほど輝かしい。

実家は高台にある一戸建てだった。建物はそれほど大きくなかったが新築で、バスケットコートほどもある広い庭に、一面の芝生が敷きつめられていた。眼下に海が望め、潮風に乗った汽笛の音が聞こえてきた。

そこで父とよく遊んでいた。キャッチボールもしたし、自転車の乗り方も教わった。夏にはビニールのプールを出して毎日のように水浴びをした。母は運動が苦手だったので、高柳が父と遊んでいる間、食事の準備をしていた。バーベキューもよくやったし、ピザを焼くための立派なドーム型の石窯《いしがま》もあった。

やたらと陽当たりのいい庭だったが、その記憶がまぶしいくらいに輝いているのは、父も母も笑顔を絶やさなかったからだろう。あんなに楽しげに笑っている大人を、高柳は他に知らない。

すべてが順調だったのだ。広い庭のある家を手に入れ、二台あったクルマはどちらもメルセデス。家電はすべて最新式で、週末にはかならず家族揃って外食に出かけ、高柳は欲しいオモチャをすべて買い与えられて育った。クラスの中で誰よりも早くプレイステーションやドリームキャストで遊んでいた。子供のころにはよくわからなかったが、いま思えば成金の生活そのものだった。

父親は不動産会社を経営している、と聞かされていた。

高柳だけではなく、母もその話を信用していた。

堅気《かたぎ》の不動産会社の社長なのだと……。

高柳が中二のとき、真実と向きあわされた。

空が灰色の雲に覆われている、二月の寒い日のことだった。高柳がかじかんだ手をこすりあわせながら学校から帰ってくると、母がテレビの前で呆《ほう》けたように座っていた。顔色が真っ白で、腰が抜けているのか、立つこともままならない様子だった。

「どげんしたと？」

母は言葉を返さなかった。テレビに映っていたのはニュース番組で、「白昼の住宅街で惨劇。暴力団組長、刺殺される」というテロップが出ていた。

「指定暴力団二次団体、沼野《ぬまの》組組長・沼野慎一《しんいち》さんを殺害したとして、県警は高柳不動産代表取締役社長・高柳柊平《しゅうへい》を殺人罪で逮捕しました。高柳不動産はいわゆる暴力団のフロント企業で、沼野組の資金源であった疑いがあり、県警は高柳容疑者と沼野さんとの間になんらかの金銭トラブルがあったものと見て捜査を進めています……」

父は暴力団のフロント企業を経営する、やくざ者だったのである。

背中に刺青《いれずみ》が入っていたわけではないし、舎弟《しゃてい》らしきチンピラを連れて歩いているところだって見ていない。それどころか、高柳は父が怒っているところすら目《ま》の当たりにしたことがなかったので、いまだに信じられない。

後続の報道によれば、組事務所の前の路上で日本刀を抜いて斬りかかり、組長が絶命するまでメッタ斬りにしたということだった。白昼の住宅街に阿鼻叫喚《あびきようかん》の悲鳴が轟《とどろ》き、あたりは騒然となったという。

野次馬《やじうま》が携帯で撮影した写真が一枚、残っている。

テレビでは顔以外はモザイクがかけられていたが、週刊誌にはモザイクなしで掲載された。斬殺後、日本刀を握りしめて立ちすくんでいる父の姿は、戦慄《せんりつ》を誘うものだった。

笑っていたからだ。

父は白いワイシャツ姿でネクタイもしていなかった。その白いワイシャツも、顔や髪にも返り血をたっぷり浴びているのに、会心《かいしん》の笑みを浮かべていた。恍惚《こうこつ》とした眼つきで、高笑いをあげる声さえ聞こえてきそうだった。足元には、殺した組長の死体が転がっていた。

人を殺しておいて笑っているなんてあり得ない、この男は頭がおかしいと、メディアからは集中砲火を浴びた。

原因は金銭トラブルということになっているが、本当のところ、なにがあったのかはわからない。

父は沼野組から正式に盃《さかずき》を受けていたらしいので、組長は渡世《とせい》のうえで親である。親を白刃で斬り捨てるなんて、普通なら考えられない暴挙であるから、よほどのことがあったに違いないが、真相を質《ただ》すことはもうできない。

親殺しというタブーを犯した父は、その後、当然のように報《むく》いを受けた。懲役中、沼野組組員によって殺されてしまった。

事件後、高柳の生活は一変した。

天国から地獄とはまさにこのことだった。

自宅もクルマも会社名義だったので、どこからかやってきた人相《にんそう》の悪い男たちに取りあげられ、夜逃げ同然で母の実家に逃れた。家族にも報復が及ぶかもしれないと警察にまで脅《おど》されていたから、高柳はクラスメイトに別れを告げることさえできなかった。

母の実家は、元の家から電車で一時間ほどの距離にある九州の内陸部だった。祖父母は農業を営《いとな》んでいたらしいが、当時は細々とした内職で生計を立てていた。安っぽい腕時計のベルトを組み立てる仕事だった。なんだか生きることに疲れきっているように、高柳には見えた。

いま思えば、鬱《うつ》病でも患っていたのかもしれない。恐ろしいほど無口で無表情な老夫婦だった。夫がやくざであることを知らなかったと泣きじゃくっている母を見ても、まったく慰めようとしなかったことを、よく覚えている。

まるで祖父母の荒廃した精神を具現化したように、住んでいるところもとんでもないあばら家で、すきま風がびゅんびゅん入ってくるだけではなく、二階建てなのに階段がなかった。朽《く》ち果てて撤去してしまったらしく、階段があったはずの天井には大きな穴が開いていた。

老夫婦のふたり暮らしは一階だけあれば事足りたようだが、高柳と母には二階のスペースが必要だった。かといって、改築工事をする費用もなく、梯子《はしご》を使って上り下りしなければならなかった。

それまでの成金暮らしとの落差が激しすぎて、高柳はほとんど放心状態に陥《おちい》っていた。眼に見えるもの、耳に聞こえるもの、すべてを遮断したかった。学校にも行きたくなかったが、家にいても気が滅入《めい》るばかりなので、しかたなく行った。

中三の一学期が始まるタイミングだった。転校生だからいじめられるんだろうな、と覚悟して登校したが、待ち受けていたのはそれとは真逆の状況だった。

誰もが高柳を恐れていた。そういう空気をはっきりと感じた。生徒ばかりか教師もそうで、誰ひとりとして話しかけてこなかったし、眼も合わせてこない。パーマに茶髪の不良と廊下ですれ違っても、向こうから道を譲《ゆず》ってくる。こちらはごく普通の髪型で、眼つきにも気をつけていたし、学生服を改造していたわけでもない。

すでに噂《うわさ》になっていたのだ。

転校生は人殺しの息子……。

しかも父親はやくざ者で、親である組長を斬殺した仁義なき殺人鬼……。

そのころの高柳にとって、それはある意味、露骨《ろこつ》ないじめに遭う以上に過酷な環境だった。自分というパーソナリティが消えてなくなり、ただ人殺しの息子としてしか扱われない。それ以外の個性が一ミリも認められない。

ドゥ、ドゥ、ドゥ、ドゥ、ドゥ、ドゥ、ドドドゥ……その曲を知り、口ずさむ癖《くせ》がついたのは、当時のことである。授業中でも行事に参加していても、誰にも聞こえないように、口の中だけで延々《えんえん》とリピートしていた。面と向かっていれば口ずさんでいるのがわかっただろうが、高柳と正面から向きあう人間など誰もいなかった。

新学期が始まってひと月後のことだ。

「ちょっとよかか？」

不良に声をかけられ、校舎の裏に連れていかれた。いよいよきたな、と思った。これはやられる、と危険な空気を察知した。予想通り、校舎の裏には眼つきの悪い不良が十人ほどたむろしていた。しかし、因縁《いんねん》をつけられもしなかったし、寄ってたかって殴られることもなかった。

「これから隣ん中学と喧嘩《けんか》しにいくったい。手ば貸してくれや。あんた、強かやろ？　強かよね？」

高柳はそれまで、喧嘩などしたことがなかった。真面目な優等生ではなかったが、不良でもない。当時から背だけはまわりより頭ひとつ高かったけれど、それ以外にはとくに目立つところのない、どちらかと言えば地味な生徒だった。

しかし、行きがかり上、喧嘩についていくことになった。とても断れる雰囲気ではなく、断ったらその場で袋叩きにされると思った。どうせ殴られるのなら、毎日顔を合わせる連中ではなく、他校の生徒のほうがよかった。

河原で相対した相手は、こちらの倍ほどの人数がいた。味方は完全にビビッていた。誰も逃げださなかったのは、ただ単に足がすくんでいただけだろう。

二十人からの人間が、いっせいに襲いかかってきた。気がつけば高柳は、ひとり飛びだして、相手の中でいちばんガタイがいい男を殴りつけていた。自分も味方の中でいちばん背が高かったから、そういう役まわりなんだろうと思った。

突きだした右の拳《こぶし》は、相手の顎《あご》をきれいに打ち抜いた。巨体が一発で倒れた。そこからはめちゃくちゃだった。敵か味方かもよくわからないまま、手当たり次第に殴りまくり、蹴りまくった。

結果、高柳の中学が勝利を収めた。

いま思えば、溜めこんでいたものが相当あったのだろう。父のしでかした暴挙、ねじ曲げられてしまった運命、本音を吐露する相手もなく、学校では腫れ物扱い……溜まりに溜まっていたストレスを、暴力という形で解放したのだ。

勝ってよかったのか悪かったのかは、わからない。それ以降、高柳はますます校内で恐れられる存在になり、一般の生徒には完全に避けられて、他校の不良の標的になった。毎日が喧嘩の連続で、警察沙汰《ざた》にならなかったのが不思議なくらいだった。

自分がただの一度も負けなかったことも、高柳には不思議でしようがなかった。相手の中には柔道や空手で鍛《きた》えた猛者《もさ》もいたが、どういうわけかいつだって最後に立っているのは高柳のほうだった。

それを得意になって誇れる性格であれば、どれだけよかっただろう。

いくら喧嘩が連戦連勝でも、高柳は内心で怯《おび》えていた。喧嘩というのはやればやるほどエスカレートしてくる。素手で敵《かな》わないことがわかると、バットを持って襲撃してくる。そのうち刃物を抜いて襲いかかってくるかもしれない。

ならば、こちらに対する恐怖心を植えつけるため、徹底的に痛めつけるしかなかった。自分を見失うほどの興奮状態に陥り、相手が気絶するまで殴りつづけたり、手脚の骨を折ってしまったこともある。正気に戻ると、冷や汗を流す。いつかやりすぎてしまうのではないかという恐怖が、いつだって暴力の裏側には貼りついていた。

「今度会ったらただじゃすまんよ。半殺しじゃなくて、全殺しやけんね」

威勢のいい言葉を口にしても、二度と刃向かってこないでくれと、心の中では祈っていた。

俺にまで人を殺すような真似をさせないでくれ……。

父親と同じ轍《てつ》を踏ませないでくれ……。

中学を卒業すると、誰にもなにも告げないまま上京した。母親にさえ、書き置きひとつ残さなかった。喧嘩相手に拉致《らち》されて山にでも埋められたと思われるなら、それはそれでよかった。

人殺しの息子――そういうイメージで見られることにうんざりしていた。図《はか》らずもそのイメージに応《こた》えてしまった自分に、激しい嫌悪感があった。自分の中に備わっていた暴力的な資質が、おぞましくてしようがなかった。

中学を出たばかりの十五歳がコネもなくたったひとりで上京し、食い扶持《ぶち》を探して盛り場をうろついていたところで、いいことなんてあるはずがない。自分の無力さを噛みしめるだけの毎日が続き、辛酸《しんさん》を舐《な》めさせられてばかりいた。

それでも歯を食いしばってあがきつづけたのは、人殺しの息子ではない自分を獲得しなければ、自分の人生は始まらないと思ったからだ。

高柳は生まれ変わりたかった。

いままでの自分ではない、他の誰かに……。

5

〈エバーグリーン〉のいちばん奥にあるボックス席で、高柳と斉門は相対している。無言で視線を交わしているうちに、いつしか睨みあうような感じになっていた。

BGMで流れているハウスミュージックの向こうから、「いらっしゃいませ」という黒服の声が聞こえてきた。客が入ってくる気配がそれに続く。

「ちょっと来い」

立ちあがった斉門に腕をつかまれ、高柳は引きずられるようにして事務所に連れていかれた。

どこのキャバクラでもバックヤードは殺風景なものだろうが、〈エバーグリーン〉の事務所はちょっと洒落《しゃれ》ている。革張りの立派なソファセットがあるし、パソコンが置かれたデスクもアンティークふうだ。六畳ほどしかないのにやけに広く見えるのは、壁の一面が鏡張りになっているからで、照明も蛍光灯ではなくダークオレンジの間接照明。

すべて斉門のセンスである。面接に来た女の子をがっかりさせたくないらしい。高柳は斉門のそういう細やかな気遣いが嫌いではなかった。

「いったいどういうつもりなんだ?」

ソファに向かいあって座ると、斉門は貧乏揺すりをしながら訊ねてきた。右手には火のついていない煙草が一本。パッケージから出したまま、吸うのを忘れている。

「幸せにしたい女ができた? けっこうな話だよ。俺はおまえが女嫌いじゃねえかと疑ってたくらいだからな、お祝いにシャンパンを抜いたっていい。でも、なぜ仕事を辞める必要がある？　女を幸せにするために必要なのは、まず金じゃねえか。金の切れ目が縁の切れ目って言葉、知ってっか？　金さえあればたいていのことを解決できるのが、いまの世の中なんだよ。で、この仕事以上に稼げる仕事なんて……悪いがおまえのスペックじゃ他にはない。どっかの馬鹿にうまい投資話でももちかけられたか？　騙されるなよ。そんなもんは絶対に詐欺《さぎ》だ」

「馬鹿に投資話をもちかけられてんのは、そっちだろ」

高柳は笑った。

「口を開けば金、金言いやがって」

「必要なものだからじゃねえか」

「俺はもう、そうでもない。もちろん、まったくいらないとは言わないが、ほどほどでいいんだ」

「よく言うぜ。この一年、金まわりがよくなって、金のありがたさが身に染みてわかったはずだがな」

「逆だよ。俺は金じゃなくて、愛に生きるんだ。愛さえあればそれでいい」

斉門はポカンと口を開いて両手をひろげた。立ちあがり、事務所の中をぐるぐるまわりはじめた。もじゃもじゃの髪を掻き毟《むし》ったり、わざとらしく嘆息《たんそく》したりする姿が、紫色の派手なスーツと相俟《あいま》って、ピエロのようだった。だが表情だけは、道化《どうけ》にはあり得ないほど険《けわ》しくなっていく。

「愛？　愛だって？　正気かおまえ？　俺はこれでも、おまえのことを大事な相棒だと思ってる。口先だけの話じゃねえ。俺はおまえのためなら体を張れる。おまえが俺のために体を張ったからだ。もしいま、おまえと真央のどっちか選べって言われたら、俺は迷わずおまえを選ぶ」

友情の厚さや仲間の絆を強調したいようだったが、高柳にはそう聞こえなかった。女は替えがきく、という本音が透けて見えた。斉門は何事にも神経質で几帳面《きちょうめん》な男だが、女にだけはだらしない。真央と一緒に住んでいるいまも、他に何人もセフレがいるはずだ。

しかし、高柳にとっての充希は違う。替えなどきかない。きくわけがない。

「ちょっと落ち着いて話そうぜ……」

高柳はなだめるように言った。

「現実的に考えて、俺が抜けても店はまわるだろ？　もうこの店を乗っ取ったときとは状況が違う。新しい相棒を探すのはそんなに難しいことじゃないと思うが……」

「難しいんだよ！」

斉門は怒声《どせい》をあげ、ソファに座り直した。顔を紅潮させ、ふうふう言いながらこちらを睨んでくるその顔は、怒り狂う寸前のように見えた。

高柳は正直、面食らってしまった。なにをそんなに怒っているのかわからなかった。高柳は掛け値なしで、自分が抜けても斉門にはなんの損失もないと思っている。実際、このひと月ほとんど仕事らしい仕事をしていないのに、店の売上は堅調で、二号店まで視野に入ってきているではないか。

ふたりの役まわりは、斉門が頭脳で、高柳が暴力だった。たしかに体を張ったことはあるけれど、この先にはもう、そういう局面があるとは思えない。斉門には経営能力があるだけではなく、驚くべき交渉力も備えている。あとは唐須のような実務に長《た》けたスタッフがまわりを固めていれば、危ない橋など渡らなくても二号店だろうが三号店だろうが夢ではないはずだ。

「険悪なムードで別れるのは嫌なんだがな……」

高柳は長い溜息をつくように言った。

「東京に出てきて十五年、ずいぶんな数の人間と出会ったが、心から信用できたのはおまえくらいのものだった。キャラも全然違うのに、なんでだろうな。不思議だよ、ウマが合うってやつは。できればそういうのを台無しにしないで……」

「テメエが台無しにしようとしてるんだろう！」

斉門の怒声は、もはやほとんど悲鳴だった。あまりの声の大きさに、高柳は顔をそむけた。

「いきなり仕事を抜けるって言われて、はいそうですかってうなずけるか？　せめて条件を出せ。仕事を続ける条件だ」

高柳は首を横に振った。

「条件はない。悪いが、俺の決断はもう覆《くつがえ》らない」

重い沈黙がふたりの間に横たわり、しばらくの間、どちらも口を開こうとしなかった。

腰をあげるタイミングだと、高柳は思っていた。それでも立ちあがらなかったのは、やはり笑顔で別れたかったからだろう。祝福してくれ、とまでは言わない。ただ、怒鳴りつけられたままでは悲しすぎる。

「……そんなにいい女なのか？」

斉門がふて腐れた上目遣いで訊ねてきた。瞳に諦観《ていかん》が浮かんでいた。少しはこちらの言い分を受け入れる気になってくれたのか。

「仕事を捨てて、仲間も捨てちまえるほどの……」

「まあな」

高柳は笑った。

「おまえ、焼きたてのパンの匂いって嗅いだことあるか？」

「ないね。真央がホームベーカリーを欲しがってるけど……」

「そりゃあ買ってやったほうがいい。焼きたてのパンって、本当にいい匂いなんだ。幸せの象徴っていうのかな。そういう匂いがする女だ」

我ながら、うまく喩《たと》えられたと思った。高柳は最近暇だったので、朝から〈入江屋〉に手伝いにいっていた。といっても、客の来ないパン屋の仕事もまた暇なのだが、充希が焼きあがったパンをオーブンから出す瞬間は本当に特別なもので、厨房が幸福の匂いに満たされる。パン屋というのはいい仕事だなと、特定の職業に対して初めてと言っていい憧れを抱いた。

「くだらねえ」

斉門が唇を歪めて言った。

「おまえは正気を失ってる。愛だの幸せだの、言ってて恥ずかしくならねえか？」

「いや……」

高柳は立ちあがった。

「俺にはどっちも大切なもんなんだ。理解してもらえねえなら、これ以上話しててもしょうがねえな」

笑顔で別れるのを諦めて、出入り口に向かって歩きだす。

「後悔するぞ」

吐き捨てるような言葉が、背中に浴びせられた。振り返ると、斉門はゾッとするほど冷たい眼つきをしていた。そんな脅し文句は似合わない、と言ってやろうと思ったが、高柳は黙って事務所をあとにした。

別のことに気をとられていた。

焼きたてのパンの匂いは、たしかに幸せの象徴だ。充希を幸せにしてやりたいし、幸せになるべきだと思う。

しかし、自分はどうなのだろう?

充希と一緒に幸せになる資格が、この自分にあるのかどうか……。

第二章　ゴースト・オブ・パスト

1

「ちょっと顔貸してもらえませんかね？」

黒い目出し帽の男が、高柳に声をかけてきた。声のトーンは威嚇《いかく》的ではなかったが、金属バットを手にした男が三人。背後のアルファードからも、似たような風体《ふうてい》の男たちが出てきた。こちらはふたり。全部で五人。服まで黒い作業着の上下で統一している。

「断ったら？」

高柳が言うと、

「なんのためにこんなものを持っていると？」

目出し帽は薄く笑って、バットを見やった。

「こんなところで暴れるのか？」

「高級住宅街って、実は拉致《らち》にはうってつけでしてね。金持ちは自分の家のセキュリティは万全にしても、路上のトラブルには関わらない。自分に火の粉がかかるのを蛇蝎《だかつ》のように嫌がるもんです」

「顔を貸すのは俺だけでいいよな？」

目出し帽は首を横に振った。

「通報されると困りますんで」

「通報はさせない。約束する」

目出し帽がもう一度首を横に振り、別の男がブンッとバットを振った。

「ガタガタ言ってねえでさっさと乗れや！」

凄《すご》まれたので、高柳はしかたなく充希の小さな肩を抱いてアルファードのほうに向かった。五人に囲まれていた。プラス運転手がひとり。クルマに乗ったらおしまいだと、心臓が早鐘《はやがね》を打ちはじめる。

充希を見た。顔色は青ざめていたが、瞳は光を失っていなかった。すくみあがっているだけではない、と高柳は判断した。見た目は華奢《きやしや》でも、芯《しん》の強い女だった。高校時代は陸上部と言っていたから、足だって遅くないはずだ。しかも、靴はいつだってスニーカー。賭けてみる価値はあるだろう。

アルファードのスライド式のドアが開けられた。

「乗れや！」

ドンッと肩を押してきた男のこめかみに、肘《ひじ》のいちばん硬いところを叩きこんだ。馬鹿が。そんなに近い間合いにいたら、バットを振りまわせない。道具を持っている意味がない。男はうめき声をあげて屈《かが》みこみ、カランとバットが地面に落ちた。

「走れっ！」

充希の背中を叩いた。十字路のセダンがいない方向だ。充希が走りだすと、高柳はためらうことなく屈んだ男の眼に指を入れた。プチッ、と眼球を潰した手応えがあり、男がすさまじい悲鳴をあげてアスファルトの上をのたうちまわる。

残りの目出し帽たちが引いたのがわかった。喧嘩《けんか》を売る相手を間違えたと、いまさら後悔しても遅すぎる。高柳はバットを拾《ひろ》いあげると、アルファードの後ろにまわりこんだ。住宅街の狭い道路に図体《ずうたい》のでかいクルマが停まっているから、塀とクルマの隙間が隘路《あいろ》のようになっている。四対一でも、いっぺんに襲ってこられない。

「死にたいやつからかかってこいよ」

アルファードのボディを叩いた。ガンガン、ガンガンガン、と夜闇に耳障《ざわ》りな金属音を響かせてやる。

「こんだけやりゃあ、さすがに金持ちのみなさんも眼を覚ますんじゃねえか。さあ、どうした。こねえなら、このクルマの窓ぶち破るぜ」

アルファードがたまらずタイヤを鳴らして急発進する。高柳はバットを振りあげた。四対一、まずは相手の戦闘能力を削《そ》いでいくことだ。向こうもバットを振りあげたが、高柳が狙《ねら》ったのは頭ではなく手の甲だった。頭を狙うより早く届く。骨を砕《くだ》いて戦意喪失。もうひとりも手の甲を狙ったが、ヒットしたのは指だった。それでもバットは地面に落ちた。あたった面積が狭かったぶん、痛みも強烈だったのだろう。悶絶《もんぜつ》しながら走って逃げだした。

これで二対一だ。

「どうした、こら」

高柳はふたりとの間合いを測りながら、まずは手の甲を砕かれて戦意喪失している男の足を払った。倒れると顔を踏みつけた。革靴の底に、ぐしゃっと顎《あご》が砕けた感触が伝わってきた——その一連の動きを、高柳はまだ無傷のふたりを、睨《ね》めつけながら行なった。

「そろそろ手打ちにするかい？」

勝ち誇った顔で言った瞬間、セダンが猛スピードで突っこんできた。先ほど指を叩いた男だろう。高柳はハイビームに一瞬視界を奪われ、間一髪《かんいっぱつ》のところで身を翻《ひるがえ》して地面に転がった。セダンはバックに切り替えて再び迫ってきた。電柱にボディをこすってもおかまいなしだ。

なんとかかわして立ちあがると、アルファードまでバックで戻ってきた。セダンが高柳の行く手を塞《ふさ》ぎ、その奥で無傷のふたりが、倒れている男たちを抱き起こす。スライドドアが開け放たれたままのアルファードに担《かつ》ぎこむ。セダンがまた突進してくる。高柳が身を翻すと、すぐ後ろの鋳物《いもの》の門扉に鼻面を突っこんだ。運転手はキレてしまっているらしい。キキーッとタイヤを鳴らし、バックで門扉から脱出する。

逃げたほうがよさそうだった。眼を覚ました金持ちが警察に通報すれば、じきにパトカーがやってくる。それよりなにより、充希が気になる。彼女を追った人間はいなかったはずだが……。

落としてあったバッグを拾い、セダンのフロントが向いていない方向に走った。角を見つけるたびに曲がっていると、クルマの気配は次第に遠ざかっていった。

ハアッ、ハアッ、ハアッ、と暗い夜道を息を切らして走った。指の先と足の裏に残った肉体を破壊する感触が、忌々《いまいま》しくてしかたがなかった。

誰だ？

どこの馬鹿が襲撃なんてしてきやがった？

すぐには心あたりが思い浮かばなかった。

後悔するぞ——。

斉門が別れ際に吐き捨てた脅《おど》し文句が耳底に蘇《よみがえ》ってくる。

だが、斉門は正真正銘、たったひとりの友達であり仲間だった。あの男に裏切られることだけはない、と信じている。

だいたい、斉門で黒幕があれば、こちらの戦闘能力を知っている。人数を揃えたとはいえ、ド素人《しろうと》ばかりに襲撃させるような、間抜けなことはしないはずだ。

目出し帽や作業着で格好をつけていても、連中が場数を踏んでいないのはあきらかだった。襲われたこちらが言うのもおかしな話だが、バットを持っているならいきなり殴りかかってくるべきだし、拉致がしたいなら刃物で脅すとか、スタンガンを使うとか、もっとマシなやり方が他にいくらでもあったはずだ。

高柳は〈エバーグリーン〉で働く前、六本木のクラブでバウンサーをしていた。そのときの社員研修で、相手が複数であろうが、二メートルの外国人であろうが、ストリートファイトで渡りあえるノウハウを身につけている。

となると、斉門が下手《へた》を打ち、こちらが巻きこまれた格好なのか。金の亡者《もうじゃ》が調子に乗って、タチの悪い半グレの米びつにでも手を突っこんだのか。

それとも……。

狙いは、いまや五反田一の打ち出の小槌《こづち》となりつつある〈エバーグリーン〉か。唐須が絵図を描き、高柳と斉門を葬り去って店の実権を握ろうとした――あり得ない話ではないにしろ、横分けに銀縁メガネで、いつだって過剰なつくり笑顔を浮かべている唐須の姿を思い浮かべると、首をかしげざるを得なかった。

あの男からは、野心の匂いが漂ってこない。店の売上を伸ばすことに執念を燃やしているのはわかるが、彼自身の欲望が見えない。なにを考えているかわからないからこそ薄気味が悪く、ツバサに探らせたりしているのだが、いきなり暴力を使って店を乗っ取るような真似をするとも思えない。


充希はなかなか見つからなかった。

一瞬しか見ていないが、地面を蹴って走る後ろ姿は様になっていた。女にしてはかなり速い感じがしたが、どこまで行ってしまったのだろう。

住宅街を抜け、高速道路をくぐって、明治《めいじ》通りに出た。急に開けた目の前の光景を、眼を凝《こ》らして眺めた。道沿いに並ぶ外灯、走る車のヘッドライト、信号機、マンションの灯《あか》り――住宅街の中よりずっと明るかったが、充希らしき姿は見当たらない。

ポケットからスマホを出した。財布もスマホもポケットだが、バッグを落としてこなくてよかった。ティファニーが発行したダイヤの鑑定書が入っている。

充希に電話をかけた。繋《つな》がる前に背中を叩かれ、ビクッとした。振り返ると、充希が立っていた。

「どこに隠れてたんだ？」

「わたし、かくれんぼ得意なんです」

冗談のつもりにしては、笑顔がない。

「大丈夫かい？」

充希はうなずいた。走って逃げたせいか、先ほどより顔色がよくなっていた。息も切れていない。たいしたものだった。むしろ高柳のほうがぜいぜい言っている。

「なんなんですか、あの人たち？」

「さあ……」

高柳は曖昧《あいまい》に首をかしげるしかなかった。

「だが狙われていることは間違いないみたいだ。家には戻らないほうがいいだろう」

タクシーを拾おうとすると、

「どこに行くんですか？」

充希が上着の裾《すそ》を引いてきた。

「夜景の見えるホテルかな」

「そういう気分じゃありません」

充希が唇《くちびる》を尖《とが》らせたので、

「いやいや……」

高柳は泣き笑いのような顔になった。

「エッチしようってわけじゃないんだ。とにかくすぐにこの場を離れて、安全なところに身を隠さなくちゃ……」

充希は現在、〈入江屋〉の二階に住んでいる。もともと祖父母が住んでいたとはいえ、長らく物置のように使われていた粗末な六畳間だ。大森の自宅は被害者への賠償金を払うために処分され、母は地方の実家に身を寄せているらしいから、築五十年を超える老朽化した家屋にひとりで暮らしている。セキュリティなんて望めない。

〈入江屋〉から徒歩五分の場所にある高柳の自宅も、いちおうはマンションだが、管理人もいなければオートロックさえない古い物件だった。いや、そもそもこんな状況で、自宅に戻るなんて愚《ぐ》の骨頂《こっちょう》だ。

「わたし、タクシーにも乗りたくないです。歩けばいいじゃないですか」

充希は明治通りを古川橋《ふるかわばし》方面に向かって歩きだした。ずんずんと大股で……。

高柳は舌打ちしたくなった。広く明るい道なので、先ほどの連中がクルマで通れば、見つかる可能性が高い。遠くにパトカーのサイレンも聞こえている。こんなところをうろうろしていたら職務質問されるリスクさえあるが、充希は機嫌を損《そこ》ねてしまっているようだった。これからどう動くにしろ、彼女が臍《へそ》を曲げたままではまずい。手にしているスマホで斉門に電話がしたかったが、諦めてポケットにしまった。

「怒ってるのかい？」

「どうして？」

「悪かったよ、巻きこんじまって」

「日常茶飯事《さはんじ》なんですか？　ああいうこと」

「まさか」

高柳はあわてて首を横に振った。

「俺だってこんなことは初めてだよ。仲間に連絡してみないとわからないけど、たぶん誤解みたいなのがあったじゃないかな……気持ちの行き違いというか……」

充希が立ちどまったので、高柳も足をとめた。充希の顔は、見たことがないほどひきつっていた。

「そんなことくらいで、あんなふうに襲撃されちゃうんですか？　覆面してバットを持った人たちが……わたし……わたし……」

皮膚のひどく薄い顔が、さざ波のように震えだす。眼の縁《ふち》に涙が溜まっていき、頰《ほお》を伝ってこぼれ落ちる。

「怖かった……」

吐きだされた声が、悲痛の塊《かたまり》のようだった。ふたつの拳を握りしめて、わなわなと肩を震わせている。足を踏ん張っていないと立っているのもままならないようで、次の瞬間、崩れ落ちそうになった。

高柳は抱きとめた。腕の中に収まった充希の小さな体は、壊れてしまいそうな勢いでぶるぶると震えだした。高柳の胸に顔をこすりつけながら、嗚咽《おえつ》をもらした。

先ほどまでは逃げて隠れることに必死だったが、高柳と再会してひと息ついたことで、感情を堰《せ》きとめていたものが決壊してしまったようだった。少女のように泣きじゃくりはじめた充希を、高柳はただ抱きしめていることしかできなかった。

充希には暴力に対するトラウマがある。

父親が起こした事件の第一発見者なのだ。部屋中が血に染まった凄惨《せいさん》な現場を、その眼で見ている。

「ごめん、悪かった……怖かったな……怖かったよな……」

叫ぶように大きくなっていく充希の泣き声に対し、高柳の声は弱々しくなっていくばかりだった。自分が背負っている暴力の影を呪《のろ》った。充希をここまで動揺させてしまったことへの罪悪感で、胸が張り裂けそうだった。

2

俺も人殺しの息子なんだ——高柳のそんな告白で、ふたりの関係は始まった。

もちろん、告白したときは関係などということを、恋人同士になることを目論《もくろ》んでいたわけではない。

ただ、言わずにはいられなかった。自分と同じ境遇——いや、自分以上に悲惨な運命を背負わされた充希を見ていると、高柳もまた、父親の犯した罪によって歪《ゆが》められてしまった自分の人生と、向きあわずにはいられなかった。

「もう十六年も前の話になるが……親父がやくざのフロント企業の社長でね、やくざの組長を殺しちまったんだ……誓って言うけど、俺も母親も、親父がそういう人間だったなんて知らなかった。俺にとってはいい親父で……尊敬できる自慢のパパで……事件が起こったときは本当に、天地がひっくり返ったかと思った……」

途切れ途切れに言葉を継ぎ、事件のあらましを話した。父が獄中死したくだりになると、涙をこらえきれなくなった。十六年間封印していた思いが噴出して、そんな話を知りあいとも呼べない若い彼女にするべきではないのに、言葉がとめどもなく口からあふれだしていった。

「世間的には頭のおかしい殺人者で、やくざの世界でさえ仁義《じんぎ》を踏み外した外道《げどう》ということになるんだけど、俺はどうしても親父のことを憎むことができなかった。親父がそんなことをしでかしちまったのには、なにか抜き差しならない理由があると思ったし、いまも思ってる……人殺しなんてしたら、俺のことも母親のことも捨てることになるわけじゃないか？　それでも一線を越えたということは、なにかあったに違いないんだ……ずっと考えてるけど、わからない……報道ではごく一部のことしか伝えられていないし、裁判の記録を読んでも金の貸し借りについてぎこちなく語られてるだけだった。まさか殺された組長の舎弟《しやてい》たちに事情を聞いてまわるわけにもいかないしね……でも、なにかあったはずなんだよ。親父にとって譲《ゆず》れないなにかが……」

夕暮れ時の〈入江屋〉の前は商店街に向かう主婦たちが行き交っているのに、店内は耳が痛くなるほど静かだった。あれほどうるさかった蟬《せみ》の鳴き声さえ、いつの間にか聞こえなくなっていた。

もちろん、蟬が鳴きやんだのではなく、高柳が別の世界に行ってしまっていたのだ。人殺しの息子という孤独――言葉にすれば、なんて陳腐《ちんぷ》なのだろう。だが、父が殺人者になった瞬間から、高柳の魂はその陳腐な檻《おり》の中に囚《とら》われたまま、時間がとまってしまったような感覚の中にいた。

我に返ったのは、充希がティッシュの箱を差しだしてきたからだった。滂沱《ぼうだ》の涙を流している大人《おとな》を、見るに見かねたのだろう。

「……すまなかった」

高柳は急に恥ずかしくなり、充希の顔をまともに見られなくなった。

「ろくでもない話で耳を汚しちまって、本当に申し訳ない。もう二度と来ないから勘弁してくれ……」

背を向けて言うと、充希がガラスケースの向こう側から出てきた。高柳の前に立ち塞がると、静かに、けれどもしっかりと、首を横に振った。

「また来てください……明日も……待ってます……」

そのとき充希がどういう表情をしていたのか、高柳の記憶は曖昧だ。怯《ひる》んでもいなかったし、蔑《さげす》んでもいなかった。同情しているふうでもなければ、もちろん笑っていたわけでもなく、要するに感情の読みとれない顔をしていたと思う。

おかげで、言葉だけが高柳の中に残った。

また来てください……。

明日も……。

待ってます……。

高柳はほとんど盲目的に、その言葉に従った。従うことが正しいのか間違っているのか、判断することさえ放棄していた。

言い訳を許してもらえるなら、〈入江屋〉の総菜パンは本当においしかった。焼きそばパンの焼きそばは油分控えめで紅生姜《べにしようが》がきかせてあり、さっぱりしている。反対に、ナポリタンはこってりと濃厚な味つけでガツンとくる。毎日食べても食べ飽きないどころか、高柳はすっかりやみつきになっていた。

それでもさすがに、心の暗部を告白した翌日に充希と顔を合わせるのは緊張した。何度も躊躇《ちゅうちょ》し、店に向かう足が前に進まなくなった。パンを言い訳にしたところで、結局のところ、高柳は充希に会いたかったのだ。

「いらっしゃいませ」

充希はいつもと変わらぬ笑顔で迎えてくれた。本当に救われた。あんな話をした自分を許してくれた――かどうかはわからないが、とにかく彼女は笑っていた。

「そこの公園で食べるんですか？」

六個の総菜パンを買って出ていこうとすると、充希に言われた。公園から店が見えるということは、店からも当然、公園が見える。ベンチに座っている高柳の後ろ姿を、見かけたことがあるのだろう。

「持論があるんだ。総菜パンは青空の下で食べたほうがうまい」

「でも暑いじゃないですか。ここで食べていってもいいですよ」

「……ここで？」

高柳は首をかしげた。店内にはクーラーがきいていた。しかし、〈入江屋〉の売場は子供相手の駄菓子屋のように狭い。パンの並んだガラスケースとドリンクの入った冷蔵庫があるだけなのに、客がふたりも入ればいっぱいになる。イートインできるスペースなんてあるはずもなく、できる雰囲気でもない。

「こっちに来てください」

充希が手招きしてきた。ガラスケースの向こう、つまり店の人間がいる側に来いと言いたいらしい。高柳はさすがにためらったが、

「いいから、いいから」

充希が笑顔で手招きを続けるので、いそいそとまわりこんでいった。椅子がひとつ置かれていた。年老いた画家が座ったら似合いそうな古ぼけた木製の椅子で、座布団が括《くく》りつけられていた。充希はそれを高柳に譲《ゆず》ってくれ、自分は奥から丸椅子を持ってきて、売場と厨房を繋ぐ短い廊下のようなところで腰をおろした。

「どうぞ、食べてください」

充希がやけに楽しそうだったので、高柳もなんとか笑顔をつくった。きっと充希も、ここで食事をしたり、おやつを食べたりしているのだろう。そう思うと、少し気分があがった。レジの載った台にパンの入った袋と牛乳を置き、今日はポテトサラダパンからかぶりついた。

パンはいつも通りにうまかったが、目の前の景色がやけに新鮮だった。いつも眺めているものを逆から眺めると、不思議な感動があるものだ。これが充希の見ている光景か、と思った。

いや、充希だけではない。充希の父親も、あるいは祖父も、この光景を眺めていた。幼い充希を膝《ひざ》の上に載せて、店番していたことだってあるかもしれない。

平和すぎる光景だと、高柳は眼を細めた。そのときは誰ひとりとして、やがて家族に襲いかかってくる血まみれの惨劇など、想像もしていなかっただろう。悪い予感の欠片《かけら》もなかったはずだ。

「すまないね、特別扱いしてもらって」

充希の顔を見ずに、高柳は礼を言った。

「総菜パンは青空の下で食べるのがいちばんうまいが、ここで食うのもなかなかうまい。前が公園で見晴らしがいいからかな」

「特別なお客さまですから」

充希は照れたように少し笑った。

「わたしがつくったパンの、ファン第一号……お父さんにはたぶん、百人とか二百人とかファンがいたと思うんですよね。おじいちゃんがこのお店始めたころは、街中の人がファンだったはず。他にはパン屋さんなんてなかったっていうし、コンビニやスーパーだってなかっただろうし……」

「俺の田舎にも、こういう昔ながらのパン屋があったよ。大好きでね。中学校のときとか、家に帰れば食べるものがあるのに、我慢できなくて下校の途中に買い食いしちまうんだ。歩きながら食うのがまたうまくてさ」

「お行儀悪い」

充希がクスクスと笑う。

「本当にうまいんだぜ」

「今度やってみます」

「いやまあ、おすすめはしないけど……」

高柳は苦笑した。

「パンのつくり方、お父さんに習ったのかい？」

充希は首を横に振った。

「自己流ですよ。舌の記憶だけが頼り。昔から料理は得意なほうだったんですけど、プロを目指してたわけじゃないし……やっぱり自己流ですね」

それにしては、ずいぶんと達者《たっしゃ》である。若いくせに昔ながらの味をしっかり再現できているのだから、舌の感度が常人よりいいのかもしれない。

「料理の道じゃなくて、なにを目指してたんだい？」

「考え中でした」

充希は肩をすくめ、悪戯《いたずら》っぽく舌を出した。

「大学受験に失敗して、浪人してたんです……それだってなにか目的があって大学に行きたいって思ってたわけじゃなくて……恥ずかしいですけど……」

浪人中に事件が起こり、大学に進学するという未来の予定が壊れてしまったということらしい。

「だから、いまのほうがしっかり目標がありますよ。このお店を繁盛《はんじよう》させたいっていう大きな目標が……」

「応援しないとな」

顔には出さなかったが、高柳は複雑な気分だった。我ながら空疎《くうそ》な言葉だと思った。

「よろしくお願いします」

ペコリと頭をさげた充希の笑顔も、どこか空疎だった。この店が繁盛することなんてあり得ない、とお互いにわかっていたからだろう。

いまはネットの時代だから、悪い噂《うわさ》はいつまでもついてまわる。昔のように、時間の経過とともに事件が風化することがなく、殺人のような絶対悪は何度でも掘り起こされ、蒸し返されて、誹謗中傷《ひぼうちゆうしよう》の標的となる。そういうことを生き甲斐《がい》にしている連中が正義漢面《づら》して幅をきかせている、嫌な世の中だった。

にもかかわらず、彼女がなぜ〈入江屋〉を再開したのか、訊《たず》ねはしなかった。訊ねなくても、なんとなくわかった。

抵抗しているのだ。

人殺しの娘というイメージを押しつけてくる世間に対して、あるいは、そのイメージに呑みこまれて手も足も出なくなってしまいそうな自分に、充希は抗《あらが》っている。

強い女だ、と感服せずにはいられなかった。

高柳の場合、人殺しの息子というイメージにやすやすと呑みこまれ、自分を見失ってしまった。そこから脱出するために、すべてを捨てて東京に逃げだしてこなければならなかった。

充希は逃げも隠れもしていない。堂々と胸を張り、パンを売っている。祖父や父から受け継いだ味を、白い眼を向けてくる街の人たちに届けようとしている。


その日から、高柳は〈入江屋〉の店内で食事をするのが恒例になった。

眼を覚まし、シャワーを浴びて、午後一時半には顔を出す。二、三日すると、充希もその時間まで昼食をとるのを待っていてくれるようになり、一緒に総菜パンを食べた。高柳は頑《かたく》なに牛乳を飲みながら食べていたが、そのうち、食後にコーヒーが出てくるようになった。

必然的に三十分、一時間と長居するようになり、いろいろな話をした。といっても、暗い話や重い話はしなかった。子供のころの話が多かった。夏休みをどんなふうに過ごしていたとか、泳ぎをいつ覚えたとか、他愛《たあい》もない話だ。

「高柳さん、部活はなにをしてました？」

「えっ？　ああ、帰宅部……」

喧嘩ばかりしていたとは、さすがに言えなかった。

「わたしは中学も高校も陸上部」

「へええ、意外だね」

高柳がイメージしていたのは、文芸部とか合唱部だった。小柄なうえに華奢なので、スポーツで汗を流しているのが似合うタイプではない。

「わたし、ちっちゃいけどすばしっこいから」

「長距離ランナーかな？」

「短距離とハードルです。すばしっこいって言ってるじゃないですか。小学生のころは、鬼ごっことか、かくれんぼもすごく得意で」

避けているのは、暗い話や重い話だけではなかった。恋愛経験についてのあれこれはもちろん、芸能人の熱愛が発覚したとか、誰かがついに離婚したとか、食事中の無駄話にはうってつけの話題をお互いに避けていた。

自分たちが男と女であることを意識したくなかったからだ。

しかし、それはもちろん、男と女であることを過剰に意識しているからこそ、防御していたとも言える。高柳が充希に対してシンパシーや畏敬《いけい》の念を抱いているのと同様に、充希も自分に対してなんらかの特別な感情を抱いていることは、同じ空気を吸っていれば自然と伝わってきた。

「わたし人見知りだから、そんなにすぐに人と打ち解けられないんです。でも、高柳さんはなんだか昔からの知りあいみたい」

時折視線が合ってしまったり、言葉が被《かぶ》ってしまったりすると、お互いに激しく照れた。若い充希がはにかんでいるのは可愛かったが、三十男が赤面したり、それを誤魔化そうとして牛乳を床にこぼしてしまったりするのはいただけない。

いったいなにをやっているのだろうと思った。曲がりなりにもキャバクラ店のオーナーでありながら、これではまるで草食系中学生のようではないかと、自分で自分にがっかりした。

斉門ほどの女好きではないにしろ、高柳だって三十歳なりに恋愛の場数は踏んでいる。ふたりの間に流れるぎくしゃくとした空気がなんのサインであるかくらい当然わかっていて、関係を深めるためには男である自分のほうから一歩前に踏みださなければならないということだって理解していた。

だが、一歩踏みだして拒絶されてしまえば、あるいはもっとぎくしゃくしてしまったりしたら、毎日一緒に昼食を食べるというこの幸福な時間が泡と消える。それを考えると、年甲斐もなく臆病にならざるを得なかった。十近く年が離れているから、恋愛対象として考えていいかどうかも、難しいところだった。

結果として、一歩前に足を踏みだす役割を、充希に押しつけてしまった。

「高柳さん、今度は晩ごはんも一緒に食べませんか？」

「えっ？　総菜パン？」

「違いますよ。パン屋の娘だからって、パンばっかり食べてるわけないじゃないですか」

「そりゃそうだよね」

高柳は笑ったが、充希は気まずげにうつむいた。

「ひとり暮らしなんでしょう？　ごはんつくりに行ってあげますよ。なんていうかほら、わたし料理の腕をもっと磨きたいんですけど、自分だけだと簡単にすましちゃうし。誰かのためなら……つくり甲斐があるっていうか……」

「そりゃあ……ありがたいけど……」

週末の夜、食材を抱えて高柳の自宅マンションにやってきた充希は、オムライスをつくってくれた。卵が半熟でデミグラスソースを使った本格的なものだったが、味なんてまったくわからなかった。

食事中、高柳はずっと別のことを考えていた。

次の一歩は、どうあってもこちらから踏みださなければならない――それはもはや、義務であり、礼儀に近かった。男のひとり暮らしの部屋にやってきた充希は、きっと大変な勇気を振り絞ったに違いない。その気持ちに応えなければ、男とは言えない。なによりも、充希を落胆させたくない。

恋とか愛とか、そういった情熱的な強い感情が胸にあったのかといえば、そうではなかったような気がする。もちろん、二十一歳の清潔な体に不埒《ふらち》な欲望を疼《うず》かせていたわけでもない。

高柳としてはむしろ、毎日一緒に総菜パンを食べる、淡く穏やかな関係を望む気持ちのほうが強かった。充希のように若く、可憐《かれん》で、芯の強い女を愛する資格が、自分にあるとは思えなかったからである。

しかし、自分たちは男と女であり、男と女が乗るべきレールに、すでに乗ってしまっていた。お互いにそんなつもりはなかったとしても、事実として列車は走りだしている。愛の列車に後進はない。

選択肢はふたつ。

途中下車か……。

どこまでも前に進んでいくか……。

その夜、高柳は充希を抱いた。

処女だった。

鮮血に染まったシーツを確認すると、胸に迫るものがあった。言い様のない罪悪感、そして感謝の気持ち。とにかく、彼女を大切にしようと思った。幸せにしなければならないと奮《ふる》い立った。

それでも、情事を終えたばかりの気怠《けだる》さが、いや、照れくささかもしれないが、素直になることを許してくれなかった。変に格好をつけた台詞《せりふ》が、口をついた。

「俺なんかでよかったのか？　最初の相手が……」

充希はコクリとうなずいた。その顔には、破瓜《はか》の激痛をこらえていた余韻《よいん》がまだありありと残っていた。

「わたし、昔から考えていた恋人の条件があるんですよ」

「なんだい？」

「似た者同士」

高柳と充希は視線をぶつけあった。息のかかる距離にいるのに、唇を重ねるのも忘れて、長い間いつまでも見つめあっていた。

3

明治通りの古川橋交差点付近には、公園と呼ぶにはいささか狭すぎる、憩《いこ》いのスペースのようなものがある。

歩道に隣接し、頭上は首都高二号線。公衆トイレとポール時計、そして、キャバクラにある丸スツールに似た、ひとり掛け用のベンチがいくつか設置されている。

高柳は充希をそこに座らせた。すでに泣きやんでいたが、ずいぶんと憔悴《しょうすい》していた。歩いているときからずっと下を向き、ひと言も口もきかなかった。もはやタクシーを嫌がることもないだろうから、早々にホテルに移動したほうがいいだろう。

だが、その前にすることがあった。充希から二、三メートル距離をとったところで、高柳はポケットからスマホを取りだした。

斉門に電話をした。コールが続くだけで出ない。

舌打ちしつつ、ツバサに電話をした。三回目のコールで出た。

「どうしたんですかぁ？　電話なんて珍しい」

呑気《のんき》な声が耳に届く。

「側に誰かいるか？」

「控え室ですよ」

まわりは待機中のキャバクラ嬢だらけ、ということらしい。

「移動してくれ、非常階段に」

「……いいですけどね」

面倒くさそうな口調にイラッとしたが、ツバサは悪くない。

「はい、移動しました」

「斉門はいるか？」

「今日はまだ見てませんね」

「店になんか異変は？」

「異変と言いますと？」

「黒服で休んでるやつがいるとか」

「オーナー以外はみんないるんじゃないかなあ……」

「そうか……」

襲撃に店の人間が関わっているなら、このまま仕事を続けさせないほうがいい気がした。高柳がツバサと仲がいいのは、〈エバーグリーン〉の人間なら誰でも知っている。

「おまえ、いますぐ店からフケろ」

「ええっ？」

「日当補塡《ほてん》してやるから、そのまま非常階段で一階まで降りて、タクシーに乗れ。誰にもなにも言わなくていい」

「……冗談ですよね？」

「本気だよ。ちょっと頼まれてほしいことがある」

「厄介《やっかい》ごとだったりします？」

「いいから早くタクシーに乗れ。桜田《さくらだ》通りを高輪《たかなわ》方面、古川橋の交差点だ。十分もかからない」

言葉が返ってこない。タンタン、タンタン、という音だけが聞こえてくる。

「おい、聞いてんのか?」

「聞いてますよ。いま階段降りてるんです」

「頭ごなしで怒ったか?」

「怒ってませんよ。わたし、高柳さんの手下ですから。呼ばれれば、厄介ごとでもなんでも駆けつけますって。予約が入ってるふっとーいお客さんを放りだして」

高柳は「古川橋だぞ」と念を押してから電話を切った。口許《くちもと》に笑みがこぼれ、懐かしさに眼を細めた。

そう、あの「男の娘」はたしかに高柳の手下なのだ。

あれはツバサが〈エバーグリーン〉に入店して三回目か四回目の出勤日だった。当時はまだ、コスプレの衣装ではなく真っ赤なミニドレスを着て接客していた。そのときのほうが、いまよりよほど女っぽかった。いや、いまでも女っぽいのだが、リアルな人間というより、二次元の住人に見える。

アニメやゲームが好きなオタク以外は、誰に訊《き》いてもツバサは入店当時のほうが可愛かったと答えるはずだ。実際、場内指名の本数もいまよりずっと多かった。だがそうなると、一見《いちげん》の泥酔客も相手にしなければならず、それを嫌ってツバサはコスプレの衣装に身を包み、おとなしいオタク系の客を狙うようになったのだが、とにかく入店したばかりのある日、タチの悪い酔っ払いにセクハラを受けた。

あとから聞いた話によると、店から送りだすとき、無理やりエレベーターの中に引っぱりこまれたという。そこまではよくある話だが、ゴンドラの中で抱きつかれ、強引にキスを迫られたり、体中をまさぐられたらしい。

ツバサがなかなか戻ってこなかったので、気になった高柳はエレベーターで一階に降りた。扉が開くと、タチの悪い酔っ払いがうずくまっていた。顔を押さえた手にべっとりと血が付着し、前には仁王立ちのツバサがいた。

「どうしたんだ？」

「痴漢されたんでやり返しました」

ツバサは平然と答えた。

「なんなんだ、おたくの店はっ！」

酔っ払いが怒声《どせい》をあげ、血のついた指をツバサに向けた。

「こいつ、男じゃねえか。オカマがいるならオカマの店ってちゃんと看板に書いとけや。気色悪《わり》ぃな、ったく」

高柳はツバサを見た。涼しい顔で眼をそむけた。否定しないということは、事実らしい。高柳は財布から一万円札を抜きだすと、酔っ払いの胸ポケットに押しこんだ。

「これは治療費じゃない。あんたの口が軽くならないように、俺の個人的な願掛けだ。よそで余計なことしゃべると、災難が降りかかってくるかもしれないぜ」

「……ケッ！」

　酔っ払いは立ちあがり、ふらついた足取りでネオン街に消えていった。

　高柳はツバサを見た。

「男なのか？」

　ツバサはふて腐れた顔で、眼を合わせずにうなずいた。高柳は溜息をついた。騙《だま》されていたのは、先ほどの酔っ払いだけではない。高柳を含め、〈エバーグリーン〉のスタッフ、キャスト、そして客まで全員である。

「わたし、馘《くび》ですか？」

「不満なのか？」

「だってぇ……あいつに股間をまさぐられたりしなかったら、絶対にバレませんでしたよ。高柳さんだって、いまのいままでわたしのこと女だと思ってたでしょ？　なのに痴漢の被害者であるわたしが馘になるなんて、おかしくないですか？」

「ちょっと来い」

　高柳はツバサを連れ、ビルの裏口から外に出た。隣のビルとの隙間に、鰻《うなぎ》の寝床のようなスペースがある。どちらのビルの壁にもエアコンの室外機が鈴なりになっていて、空気が悪い。盛り場の裏側らしく饐《す》えた匂いが充満し、ネズミやゴキブリが走りまわっている。喫煙場所を求めてさすらっている亡者のようなニコチンジャンキーでも、こんなところで煙草《たばこ》は吸わない。

「勝負しないか？」

悪臭に顔をしかめているツバサに、高柳は笑いかけた。

「おまえが俺に一発でも入れられたら、いまのは見なかったことにしてやる。秘密も守る。ついでに焼肉でも奢《おご》ってやろう」

「わたしが負けたら？」

「俺の手下になれ」

ツバサは笑った。真っ赤なグロスに縁取られた口が、妙に大きかった。店では遠慮して笑っているのだろう。

「高柳さん男気ありそうだから、手下になってもいいですけどね。でも、自分が絶対勝てるって確信してる、その余裕がムカつくなあ」

ずいぶんと強気な態度だった。高柳は身長一八〇センチ超で、体重七八キロ。対するツバサは身長一六五センチ、体重は五〇キロといったところだ。喧嘩は体格だけでするものではないとはいえ……。

「どうする？　勝負を受けるか？」

「もちろん」

「ハンデをやろうか？」

「いりません」

ツバサの顔から笑顔が消えた。構えもせず、普通に近づいてきた。カツカツとハイヒールが鳴り、真っ赤なミニドレスが夜闇に揺れる。間合いに入ると、ノーモーションで右フックを飛ばしてきた。いや、そう見せかけて本命は肘だ。ボクサーのような前屈みではなく、背筋を伸ばしているから、キックボクシングか。

ツバサは体を回転させ、右腕を振り抜いた。高柳はスウェイバックで拳をかわしたが、続けざまにエルボーが襲いかかってくる。冷や汗をかきながら、必死に体を反《そ》らせた。ビュンと鼻先で風を切った勢いから察するに、顎にもらっていたら膝をついていたかもしれない。かなり本格的に鍛《きた》えているようだが、迂闊《うかつ》に近づきすぎだった。ここはリングではなくストリート、体格差のある相手に捕まってはならない。

高柳は振り抜かれたツバサの右手首をつかんだ。細いが、スナップの効きそうないい手首だった。続いて、パンチを飛ばすふりをして左の手首も捕まえる。力の限り締めあげると、ツバサの顔に焦燥《しょうそう》が走った。あとは頭突きを鼻っ柱に入れれば終了だが、それを悟ったツバサは眼に涙を浮かべて哀願《あいがん》してきた。

「かっ、顔はぶたないでぇ……」

なかなかの役者ぶりだった。次の瞬間、鋭《するど》い膝蹴りが股間に飛んできた。想定内だったので、高柳は膝をあげてガードした。

反撃の切り札を失ったツバサは、今度こそ本当に泣きそうになった。高柳はその顔を、なぶるようにまじまじと眺めてやった。

「まっ、まいりました……降参します……手下になります……」

ツバサは震える唇から、上ずった声を出した。いつもと違う、少年のような声だった。

「そうか」

高柳はツバサの手首から手を離すと、渾身《こんしん》のボディアッパーを腹に叩きこんだ。こういう場合、きっちりと力の差を見せつけておかなければならない。ツバサはエルボーも膝蹴りも本気で狙ってきた。健闘をたたえて愛の鞭《むち》だ。

「おえっ……」

体をまっぷたつに折ったツバサは地面に膝をつき、盛大に嘔吐《おうと》した。まいったしてるのにトドメを刺すなんて鬼、とあとでさんざん恨《うら》み言を言われたが、高柳は笑っていた。

「高柳さーんっ！」

ツバサがタクシーの窓から身を乗りだし、手を振ってきた。

「お財布お店に置いてきちゃったんで、お金払ってくださーい」

高柳は車道に出て、料金を支払った。後部座席から降りてきたツバサは、白とパステルグリーンのふりふりしたドレス姿だった。髪は金髪のツインテールで、メイクはアイラインを強調。足元は、踵《かかと》が一〇センチはありそうな白いニーハイブーツ。キャバクラの店内でも異色の二次元キャラだが、路上で見るともはや異星人だ。

「それで、いったいなんの用事なんですか？」

「女をひとり匿《かくま》ってほしい」

「匿う？」

眉《まゆ》をひそめているツバサを、高柳は充希の座っているところに連れていった。充希は泣き腫《は》らした顔を下に向けていたが、気配を察して顔をあげた。

「悪いが、少しの間、こいつと一緒にいてくれ」

ツバサを指差して言うと、充希は呆気《あっけ》にとられた顔をした。まるで予告もなく、珍獣を目《ま》の当たりにしたかのようである。

気持ちはよくわかるが、いまは緊急事態だった。他に頼めるあてもない。

「見てくれはこんなでも、意外と頼りになるんだ。それは俺が保証する」

「誰なんですか？」

ツバサが小声で訊ねてきた。

「俺の彼女……いや、フィアンセだ」

「フィ、フィアンセ？」

ツバサは大仰《おおぎょう》に眼を丸くしてから、嫌なものでも口に含んだような顔をした。高柳の腕を取って充希に背中を向けさせると、早口で耳打ちしてきた。

「高柳さんってロリコンだったんですか？　あんなおぼこい子と結婚するなんてあり得ないでしょ？　うわー、見損なったな。高柳さんにはもっと、牝豹《めひょう》みたいでフェロモンむんむんな、エローいおねえさんと付き合っててほしかったなー」

「言いたいことはそれだけか？」

高柳が睨みつけると、

「すいません。お口にチャックします、チャック」

ツバサはひきつった笑みを浮かべて、口を閉じる仕草《しぐさ》をした。

「とにかく、彼女を頼む。二、三時間……最悪でも朝までだ」

「事情は訊かないほうがいいんでしょうね？」

「そうだな」

「うちに匿っておけばいい？　ひとり暮らしだし」

「いや……」

高柳は首を横に振った。ツバサは店の送迎車で帰っているから、店の人間に自宅の場所を知られている。財布を取りだし、中の札をすべて抜いて渡した。ざっくり二十万はあるはずだった。

「ホテルに泊まってくれ。ラブホとかじゃなくて、きちんとしたところに」

「外資系の高層ホテルとか？　夜景がキラキラした？」

「なんでもいい」

「ルームサービスでごはん食べても？」

「好きにしろ」

高柳はツバサに言い置くと、充希に近づいていった。前にしゃがみ、ベンチに座っている彼女の顔を見上げる。

「あいつとホテルで待っててくれ」

ツバサが「男の娘」ということは、この際伏せておいたほうがいいだろう。

「危ないことしにいくんですか？」

充希が不安げに眉根を寄せたので、

「そうじゃない……」

高柳はきっぱりと首を横に振った。

「言っただろう？　仲間と行き違いというか、誤解があったのかもしれないって。それを解決しにいくだけさ」

「本当に危なくない？」

「約束する。すぐに俺も合流するから、ほんのちょっとの辛抱《しんぼう》だ」

高柳は充希の手を取って立ちあがった。

「おい、タクシー捕まえてくれ」

ツバサに言うと、ツバサは見てはならないものを見てしまったような顔でくるりと背中を向け、小走りで車道に向かった。充希と手を繋いでいる高柳の姿に、驚き、呆《あき》れたようだった。

4

充希とツバサの乗ったタクシーを見送った高柳は、桜田通りを五反田方面に向かって歩きだした。ポケットからスマホを出し、斉門に電話をかけた。出ない。

時刻は午後九時を過ぎたところだった。いつもなら店にいる。不在のときでも、電話が繋がらなかったことはない。

あきらかにおかしかった。

後悔するぞ――。

斉門の声が耳底にこびりついて離れない。

高柳は斉門を信じていた。あの男にだけは裏切られることはないとずっと思っていたし、いまも思っている。だが、そんな盟友といっていい男から、高柳があっさり離れようしたのも、また事実なのである。もちろん、自分が抜けても仕事に支障はないはずだと判断したうえでのことだが、斉門より充希を選んだ。金儲けより女を取った。こちらが先に裏切ったと思っているなら、牙を剝《む》いてきたとしてもおかしくはない。

仕事を抜けたことに対する報復、という話ではない。

高柳は、斉門にとって都合の悪いことを知りすぎているのだ。

斉門の現在の立場を根底からひっくり返してしまうような、重大な秘密を握っている。正確には、握りあっている。ふたりでかつて、危ない橋を渡ったことがあるのだ。

それを隠匿することが目的なら、あの男には動機がある。こちらの戦闘能力をわかっていながら、にわか仕込みの襲撃グループを送りこんできたりしたのも、それほど焦っているということなのか……。

すぐ側をタクシーが通りすぎていったが、手をあげて停める気にはなれなかった。早足で歩けば、五反田まで三十分ほどだ。風はそれほど冷たくないし、月や星も出ている。頭の中を整理するため、〈エバーグリーン〉まで歩くことに決めた。

修羅場《しゅらば》は男と男を結びつける。

高柳と斉門は、ふたつの大きな修羅場をくぐり抜けた。

ひとつは〈エバーグリーン〉の前オーナー、穴井大和《あないやまと》に支配された暗黒時代を耐えきったこと。

もうひとつは、その穴井から〈エバーグリーン〉を乗っ取ったこと。

高柳は〈エバーグリーン〉で働き始める前、六本木にある大箱のクラブで五年ほどバウンサーをやっていた。バウンサーとは用心棒《ようじんぼう》のようなもので、トラブルを解決するのが仕事である。もちろん、未然に防げればそれに越したことはないから、眼光鋭く、威圧的な態度でフロアを眺めている。全身から暴力的なオーラを放って……。

楽しく遊んでいる客を守るためとはいえ、そういうことに嫌気が差してしまった。暴力的な自分を変えるつもりで故郷を捨てたはずなのに、結局のところ暴力でしか糊口《ここう》をしのげない自分に落胆した。ある日、すっかり凶悪な人相になった自分と鏡で対面して寒気を覚え、衝動的に辞表を出した。

〈エバーグリーン〉で働きはじめたきっかけは、ネットの求人だった。いままでやったことのない黒服の仕事でもやってみようかとは思っていた。〈エバーグリーン〉の求人広告に新装オープンと書いてあったので、縁を感じて応募した。勤め先を六本木から五反田に移したのは、そのほうがのんびり働けるような気がしたからだ。のんびりなんて、とんでもない話だったが。

穴井大和は当時三十代半《なか》ば、独特なやり方で配下の人間を管理する男だった。夜の世界で生きている人間は、男も女も根無し草的なタイプが多い。男はたいていい怠惰《たいだ》でいい加減、女は気まぐれでわがまま――もちろん、真面目《まじめ》でポジティブな人間もいるのだが、高柳は実感としてそんな印象をもっている。

高柳にしたって、前向きな人生を送っているとは言えなかった充希と出会う前は、明日のことなんて考えない典型的な根無し草タイプだったから、似たような連中が集まっている夜の世界は、それなりに居心地がよかった。

そういう人間をきびきび働かせるためには、飴《あめ》と鞭が必要になる。水商売は他の仕事に比べて給料がいいから、あらかじめ大きな飴が与えられているわけだけれど、それだけでは足りない。もっと気持ちの部分、具体的には褒め言葉が必要になってくる。とくに女の子はそうだった。植木鉢の花に毎日水を与えるように、小さなことでもこまめに褒めてやれば、気分よく働いてくれる。

穴井はその飴を、キャバクラ嬢だけに与えた。女の子たちを甘やかせるだけ甘やかす一方で、黒服には鞭だけが与えられた。

たとえば女の子が客に失礼を働き、怒らせてしまったとしても、

「キミは悪くない。全然悪くない。なんにも気にしなくていいからね。悪いのはこいつだから」

と、まったく関係ない黒服をボコボコに殴るのだ。穴井は高柳と同じくらい上背《うわぜい》があり、ジム通いで鍛えあげた筋肉の分厚さは高柳以上だった。そんな男がごつい拳を振りま

わし、顔の形が変わるまで殴打するのである。

それを見たキャバクラ嬢は恐怖に震えあがり、罪悪感に胸を締めつけられて、ミスをしなくなる。ある意味効果的な管理方法と言えなくもないのだが、しくじってもいないのに一方的に殴られている黒服のほうはたまったものではなかった。高柳も数えきれないくらい殴られた。殴られることには慣れていたし、急所をはずす術《すべ》も心得ていたが、それでも痛みで熱を出して寝込むことなどザラだった。

黒服に与えられる鞭は、殴る蹴るだけに留まらなかった。

あるとき、客のボディタッチに不快な思いをした女の子が穴井に泣きつくと、それを注意しなかったという理由で、黒服は全員、閉店後の店内で土下座《どげざ》させられた。ただの土下座ではなく、全裸でだ。

キャストの中には心あるタイプも少なくなく、そういった穴井のやり方に眉をひそめ、陰でこっそり黒服に励ましの言葉をかけてくれる子もいたが、そういうタイプは例外なく早々に店を去っていった。

となると、性悪《しょうわる》な女ばかりが残るようになり、単なる鬱憤《うっぷん》晴らしのために、穴井に泣きついて黒服をいじめさせるようなことが横行するようになった。最初は穴井のパワハラにドン引きしていたキャバクラ嬢たちが、次第にそれを楽しむようになっていったのである。

地獄だった。

よく二年も辛抱したものだと、自分でも呆れかえってしまう。心あるキャバクラ嬢が早々に店を去っていったように、黒服も当然、次々と店を去っていった。新たに入ってくる新人も、ひと月もてばいいほうだった。ただ、残った古株の結束力は、それなりに高かった。他が仕事のできない新人ばかりなので、結束しなければ店がまわっていかなかったからだ。

高柳は当時、〈エバーグリーン〉の男子寮である西五反田の古いマンションに住んでいた。2DKに四人。高柳は斉門と同室で、もうひとつの部屋に、店長の森田真哉《もりたしんや》と、チーフマネージャーの菊地穣《きくちじょう》がいた。

入店当時、高柳と斉門は二十七歳、森田が二十六歳、菊地は二十五歳。森田と菊地は年下だったが、ふたりとも黒服の経験が五年以上あった。高柳は前職がバウンサーで、小さなスナックくらいでは働いた経験があったが、キャバクラの黒服は初めてだった。斉門もバーテンダー出身だったから、どちらも平の黒服だった。

肩書きが上で、いちおう上司という立場であっても、森田と菊地は偉ぶることなく、年上の高柳や斉門を「さん」づけで呼んでいた。入店時期が一緒だったせいもあるけれど、ふたりとも、心やさしく腰の低い性格なのだ。高柳と斉門もそんな彼らに敬意を表し、年上を笠に着るような真似は絶対にしなかった。

お互いに気を遣い、うまくやっていたわけだが、高柳と斉門、森田と菊地には、決定的な温度差があった。高柳と斉門が穴井のことを心から軽蔑し、憎悪しか抱いていなかったのに対し、森田と菊地は穴井を嫌っていなかった。心酔《しんすい》とまで言うと大げさだが、それに近い感情があったような気がする。

「殴られるくらい我慢しようよ」

穴井の拳によって眼のまわりに青タンができた状態でも、森田は笑顔で言っていた。

「俺らが殴られることで女の子たちが怒られないですんでいるんだから、いいことに違いないよ。キャバクラってやっぱり、女の子あってこそだからさ。彼女たちが気持ちよく働ける環境をつくるのが第一だと思う」

「オーナーの場合、殴るのが愛情表現なんじゃないかな」

菊地が前歯のない顔で言った。もちろん、穴井に折られた。

「無差別に殴っているように見えて、実のところ殴る理由というか、そういうのがあるような気がするよ。今日はちょっとモタモタしてるなって自分でも思ってると、そういう日はやっぱり殴られる」

「おまえらマジかよ」

斉門は呆れた顔で言った。

「穴井の野郎は、ただ単に暴力振るいたいだけだって。しかも、女の子をきっちり躾《しつけ》ることができない。要は管理能力のなさを暴れて誤魔化してるだけだ」

斉門はそのとき、剃刀《かみそり》負けも痛々しいスキンヘッドだった。仕事をサボッて煙草を吸っていたのを女の子に見つかり、穴井に密告されたのだ。

「じゃあなんで、斉門さんはまだここにいるの?」

森田が訊ねた。

「文句言ってるわりには、もう二年近くも働いているじゃない?」

「いじめに屈して逃げだすのが、面白くないだけさ」

斉門は唇を歪めて答えた。

「高柳さんも?」

「俺はまあ、意地張ってるだけかな」

高柳はそのとき、眉毛がなかった。斉門がスキンヘッドにされたとき、連帯責任という訳のわからない理由で、穴井に剃られた。

とてもじゃないが、森田や菊地の意見に賛同することはできなかった。理解できない、と思っていた。とはいえ、高柳はふたりのことが嫌いじゃなかった。ふたりとも仕事がきっちりしていたし、殴られても蹴られても穴井に尽くそうとする姿は、ある意味、清々《すがすが》しくさえあった。

だが、そんなふたりの気持ちが穴井に届くことはなかった。

あるとき、キャストのひとりが給料明細と給料袋に入っている金額が合っていない、と言いだした。閉店後、みんなに給料を配っていたときのことだ。たしか、一万円だか五千円だか、札が一枚足りなかったのだ。

金の管理は、すべて穴井が行なっていた。そんなことは、訴えでた本人を始め、その場にいる全員がわかっていた。にもかかわらず穴井は、

「森田、菊地、どうなってる？　テメエらだろ、今月の給料詰めたのは？」

ふたりとも、さすがにポカンとした顔をした。いつもなら、どんな理《り》不《ふ》尽《じん》な難癖《なんくせ》をつけられても、「すいません！」とすぐさま頭をさげるのだが、それが一瞬遅れ、穴井の顔色がみるみる険《けわ》しくなっていった。

「テメエら、全裸で土下座な」

高柳と斉門は、眼を見合わせた。いくらなんでもそれはないだろうと思ったのだが、森田と菊地はそそくさと服を脱ぎはじめた。殴られるよりはいくらかマシ、とふたりの顔には書いてあった。

それがまた、穴井の神経を逆撫《さかな》でしたらしい。

「反省が足んねえな、森田も菊地も。そうだ。こないだ斉門の頭を丸めたときに買ってきたやつ、事務所にあるから持ってこい」

新人の黒服が、ディスカウントショップの黄色い袋を持ってきた。中に入っているの

は、電動バリカン、T字剃刀、シェービングクリームである。

「おい、森田、菊地、反省する気があるなら、チン毛剃ってつるつるにしろ」

高柳は怒りに体を震わせた。とめに入ろうとしたが、斉門が腕を押さえてきた。穴井に気づかれないよう、首を横に振っていた。被害者が増えるだけだと言いたいようだった。

「アハハ、パイパンね！」

キャストの中でもとびきり性悪な女が、手を叩いて笑い声をあげた。

「海外セレブの間じゃ、男もパイパンが常識らしいですよ。わたし、見たことないから見てみたーい」

他の女たちも、手を叩いて囃《はや》したてる。穴井が黒服をいじめはじめると、それも暴力を振るうのではなくプライドを切り刻むような精神的な拷問を開始すると、女の子たちがはしゃぎだすのは見慣れた光景だった。

性悪ばかりが残っているという理由もあるが、穴井のご機嫌をとりたいのだ。穴井は女の子たちを甘やかしていたが、甘やかすにも濃淡があり、自分に懐《なつ》いている子を積極的に贔屓《ひいき》する。誰だって羽振りのいい客のテーブルにつけてもらいたいし、泥酔客の席にはつきたくない。その決定権をもっているのは、穴井なのである。

森田も菊地も、限界まで顔をひきつらせながら、バリカンで陰毛を刈った。眼に涙を溜め、唇を噛みしめながら、二十人近いキャバクラ嬢たちの視線を一身に受けとめ、立ったまま陰毛をきれいに剃り落とした。

「カカカ、毛がないと、ふたりとも包茎なのが丸わかりだな」

穴井は残忍《ざんにん》に笑っている。

「てか、いくらなんでも小さすぎねえか。ふたりとも、チンコが小指くらいしかねえじゃねえか……って、おいっ！　菊地っ！　テメエ、なにヘラヘラ笑ってやがる？」

菊地はたしかに笑っていた。しかしそれは、精神崩壊を暗示するような不気味な笑い方だった。男としてのプライドを根こそぎにされ、笑うしかなかったのだ。

全裸のふたりを睨んでいる穴井は、鬼の形相《ぎょうそう》と言ってよかったが、何事か思いついたらしく、ふっと口許に笑みを浮かべた。

「ユカ、それからエミ、ちょっとこいつら勃起させてみろ」

名指しされたふたりのキャバクラ嬢は、眼を見開いて身をすくめた。

「そんなにビビるなよ。しゃぶれとまでは言ってねえ。指でちょいちょいってやれば、すぐ勃つだろ。こいつら女に飢《う》えてそうだし」

ユカとエミは、当時の〈エバーグリーン〉の中では売れっ子のほうだった。アイドルのように可愛い顔をしていて、ドレスから乳房がこぼれそうなほどグラマー、そのうえあざとい色恋営業に長《た》けていた。

あとでわかったことだが、ふたりとも穴井に抱かれていた。その際におそらく、動画でも撮られたのだろう。あまりにもあっさりユカとエミが森田と菊地に近づいていったので高柳は驚いたのだが、逆らえない事情があったのだ。

「ちょっと店長ー、わたし店長のオチンチンなんて触りたくないですよ。これで興奮してください」

ユカは森田に向かって、ドレスの前をまくりあげた。ざわめきが起きた。森田にだけ見えるように工夫していたが、あまりにも大胆な振る舞いだった。

「眼をそむけるな、森田っ！」

穴井がドスの利《き》いた声で叫ぶ。

「ユカのパンティなんて、うちで百万飲んだ客でも拝めるもんじゃねえぞ。しっかり見ろよ。穴が開くくらいいな」

「えー、わたし、パンツなんて見せたくなーい」

エミは唇を尖らせて、菊地を睨んだ。

「ねえ、チーフ。チャッチャと勃ててくださいよ、チャッチャと」

紫色のネイルが施《ほどこ》された指が、菊地のペニスをつまんだ。それは実際、小指ほどにも縮みあがっていた。エミは仮性包茎の皮をそっと剝いた。さらに皮を被せては剝き、剝いては被せる。妙に慣れた手つきに、苦笑と失笑が聞こえてくる。

一分と経たないうちに菊地は、そして森田も、勃起した。ふたりとも唇を嚙みしめてむせび泣いていた。股間でペニスを反り返しながら涙を流している男たちは、眼をそむけたくなるほど憐《あわ》れだった。陰毛が剃り落とされて勃起しているペニスは哀しくなるほど滑稽《こっけい》で、しかもその姿を二十人からのキャバクラ嬢に笑われているのである。

さすがに……。

自分だったら、ここまで付き合えないと思った。こんな目に遭わされるくらいなら、穴井を半殺しにして逃げたほうがマシだ。意地もへったくれもない。こんな馬鹿げた仕打ちを甘んじて受け入れたら、男として生きていけなくなる。

それでも、森田と菊地は穴井に忠誠を誓うように直立不動の体勢を崩さず、真っ赤な顔でペニスを反り返しながらキャバクラ嬢たちに笑われている。その姿はもはや清々しくもなんともなく、ただみじめなだけだった。

「おいっ、森田、菊地……」

穴井が巨体を揺らして立ちあがった。ふたりに近づいていく顔からは笑みが消え、眼つきが異様に険しくなっていた。

「テメエら、神聖な職場でなにチンチン勃ててんの？　仕事をナメてるの？　ペロペロしちゃってんの？」

森田と菊地は、真っ赤に染まった顔を左右に振った。もはや、言葉も口から出ないようだった。

「そんなにペロペロしたいなら、ペロペロしあえよ。せっかく勃起してることだし、シックスナインでお互いのチンポ舐めあうんだ」

高柳は唖然《あぜん》とした。笑っていたキャバクラ嬢たちさえ、一瞬静まり返った。その場にいた全員がドン引きしていた。

それでも……。

森田と菊地は、穴井に命じられた通りのことをしたのだった。

「クククッ、最後までやるんだぞ。射精するまで許さねえからな。出したら飲むんだ。ザーメン吸いあうんだ」

穴井はゲラゲラ笑いながらその様子をスマホで撮影し、女の子たちにも撮影するようにうながした。

「これからこいつらが横柄《おうへい》な態度をとったら、この動画を見せてやればいい。偉そうなこと言っても、男同士でしゃぶりあってるじゃないですかってな。ガハハハ……」

高柳の知る限り、森田と菊地がキャストに横柄な態度をとったことなんてない。高柳はぶっきら棒だし、斉門はいつもふざけているが、このふたりに限っては、どの女の子に対しても、下にも置かない扱いをしている。

翌日、森田と菊地は飛んだ。

やりきれない思いを抱えた高柳と斉門が朝まで酒を飲んで寮に帰ると、彼らの姿は荷物ごと消えてなくなっていた。

5

店長とチーフマネージャーを一気に失った〈エバーグリーン〉は当然のように業務が混乱し、残った人間は死に物狂いで働かなくてはならなかった。

高柳と斉門の上にはもう、黒服の上司はいない。下には新人の若い黒服がふたりだけ。テーブル数が二十の中箱の店に四人では、まるで人手が足りなかった。

高柳と斉門が店の実権を握ってから、男のスタッフは常時七、八人でまわしている。穴井時代はいまより客入りが悪かったとはいえ、実質仕事ができるのが高柳と斉門だけではなにもかも行き届かなかった。

「ちょっとー。女子トイレ清掃してくださいよー」

ユカが苛立《いらだ》った声で言ってきた。

「すいません。いますぐ」

高柳は答えたが、チェックの客を待たせていたし、テーブルの片づけも滞《とどこお》っていた。とてもすぐにはできそうになかった。

「さっさとやってね。ダラダラしてると今度はあんたがやられるよ、パイパン」

アハハと笑いながら立ち去っていくユカの背中を、高柳は睨みつけた。握りしめた拳が怒りに震えていた。通りがかった斉門が、なだめるように背中を叩いてきた。

「俺がやっとくよ、女子トイレ」

飄々《ひょうひょう》と言ってから、声音《こわね》を変えて耳打ちしてきた。

「まだ飛ぶなよ、俺に考えがある」

視線と視線がぶつかった。斉門の顔は激務に疲れきっていたが、眼光だけは鋭かった。根拠のない慰めでも、ハッタリをかましてるわけでもなさそうだった。

斉門は一年以上前から、コツコツと穴井の身辺《しんぺん》調査をしていたのだ。情報の端緒《たんしょ》は、辞めていったキャバクラ嬢たちだった。つまり、穴井のやり方についていけない、心ある女の子たちだ。

その線から辿《たど》っていき、穴井の過去、ねぐらや行動範囲、女関係などを詳細に調べあげ、森田と菊地が姿を消した日の夜、高柳にも情報が開示された。ふたりきりになった男子寮のマンションで、話をした。ユカやエミをはじめ、穴井が店の女の子を片っ端からベッドに誘っているのを知ったのも、そのときだった。

「穴井はもともと、やくざだったんだ……」

斉門はそう切りだしてきた。

「北関東のしょぼい組だが、そんなところでも仁義が通せなかったんだろう、破門になったらしい。ただ、地元じゃそれなりに顔が利いたみたいでね。〈エバーグリーン〉は最初、やつの地元の人間が……居酒屋チェーンかなんかで一発あてた実業家が、東京進出してオープンさせたらしい。当時は別の名前でね。穴井も地元にいられなくなったから、これ幸いと経営に食いこんだ。まあ、そこまではよくある話なんだが、穴井はそこいらのチンピラより野心があって、店を乗っ取ったんだよ。手口まではわからないが、どうせあこぎなやり方で追いこんだんだろう。女を使って嵌《は》めたとか……で、元の経営者は穴井に経営権を奪われて、すごすごと地元に帰ったらしい……」

斉門はマルボーロメンソールに火をつけ、白い煙を吐きだした。

「泥棒から泥棒するってのは、罪だと思うか？」

高柳は斉門を見た。冗談を言っているようには見えなかった。

「店を乗っ取るっていうのか？」

「そうだ。俺があの野郎にいくら痛めつけられても逃げなかったのは、そのつもりだったからさ。いずれ乗っ取ってやろうという……」

「どうやって嵌める？」

「嵌める必要なんてない」

斉門は不敵《ふてき》に笑った。

「この世から消えてもらえばいいんだよ」

高柳はさすがに息を呑んだ。

「やつには家族がいない。地元にはいるかもしれないが、組を破門になるような男だから、とっくに縁を切られているはずだ。女を日替わりで楽しむために、目黒のマンションでひとり暮らし。仕事場の人間には嫌われている。俺たちだけじゃなく、女の子だって本心ではそうだ。そんなダニみたいな元やくざが一匹いなくなったところで、誰も真剣に捜さない。死体さえあがらなければ、警察だって動かない」

しばらくの間、高柳は言葉を返せなかった。

正直、店はもう辞めるつもりでいた。森田も菊地も、いいやつだった。盲目的に穴井に従っているところは理解できなかったが、夜の世界ではなかなかお目にかかれない、心根のやさしい連中だった。

そのふたりが、あんな形で店を追われるなんて理不尽にも程がある。もう我慢の限界だった。穴井を半殺しにして、東京とも縁を切ろうと思った。盛り場なんて日本中どこにでもある。どこに行っても、穴井よりひどい経営者なんているわけがない。

斉門に声をかけられなかったら、今ごろ穴井を夜道で襲撃し、しばらく起きあがれないくらい痛めつけている予定だった。

しかし……。

半殺しならともかく、消すとなると……。

「問題は死体の処理だが……」

　斉門が続けた。

「山に埋めるのはリスクが高い。最近集中豪雨なんかも多いからな、土砂崩れでも起こったら一発で見つかっちまう。強酸で溶かすってのも考えたが、国内だとその手の薬品はなかなか入手しづらい。確実なのは海だ。コンクリートで固めて沈めちまえば、永遠に浮かんでくることはない」

「東京湾に沈めるってやつか。古典的だな」

「王道と言ってくれ、王道と」

　斉門の眼光が鋭くなった。

「バーテンダーをやってたころに知りあった人がいてね。クルーザーをもってる。年は六十くらいかな、真っ白い長髪を後ろで縛ってて、パッと見は世捨て人って感じでさ。実際、仕事もしてないいんだろう。元は投資家だったらしいけどね。ＩＴバブルと中国株でボロ儲けして、リーマンショックですべてを失ったと言ってたな。豪邸もクルマも別荘も全部……家族まで失って、一時は路上のホームレスまで落ちたなんてうそぶいてたけど、それでもクルーザーだけは手放せなかったらしい。あの人にとっては、夢の欠片《かけら》みたいなもんなんだろう。栄華を極めたときの記憶が宿ってるというか……でもクルーザーって、とんでもなく維持費がかかるんだ。年間で一千万近いと言っていたから、世捨て人には荷が重いじゃないか。だからあの人はよく、やばい筋の人間を乗せてナイトクルージングに出かける。東京湾の沖合に出て、そこで客がなにか捨てても、見て見ぬふり。わかるだろう？　夜の海にやばいやつが捨てるものと言えば……」

死体以外にあり得ない、ということか。

ありそうな話だった。夜の街で働いていると、行方不明になる人間の多さに呆然《ぼうぜん》とする。もちろん、ただ単に連絡が途絶えただけというパターンが大半だろうが、この世から消された人間も少なくないはずだ。

高柳は天井を見上げた。斉門が吐きだしている白い煙が、ゆらゆらと揺れながら消えていく。

「ずっと考えてたんだ。おまえにとっちゃ穴井との出会いはもらい事故みたいなもんかもしれん。だがな、俺はある意味、ラッキーだと思ってる。消したところでこれっぽっちも胸が痛まないクソ野郎から店を乗っ取る……痛快じゃないか。あんなでたらめな経営者でもそこそこ客が入ってる店だからな。俺らがきっちりまわせば、相当な儲けが出せる。どうだ？　この話、乗るか？」

「しかし、穴井が消えたとして、店が俺らのもんになるかっていうと……」

斉門は皆まで言うなとばかりに手で制し、ひと束の書類を差しだしてきた。営業権譲渡契約書だった。穴井のサインがされ、印鑑まで押してある。唖然《あぜん》とする高柳に、斉門は笑ってみせた。

「判子だけは本物だ。事務所から拝借した」

「……本気なんだな？」

「当たり前じゃねえか。ビルのオーナー会社についても調べた。まあ、風俗なんかも入ってるビルだから、家賃さえきっちり払えばうるさいことは言われなさそうだ。あとはケツもちのやくざ……根本《ねもと》組だが、こっちはちょっとややこしいかもしれない。オーナーがある日突然姿を消して、従業員があとを引き継いだ……どう見てもあやしい話じゃないか。裏稼業《かぎょう》の人間なら、絶対にピンとくる。穴井と根本組はみかじめだけの薄い関係みたいだが、話の成りゆき次第では、飛ぶことも考えておいたほうがいい。やくざなんかに弱みをつかまれたら、骨までしゃぶられちまうからな」

斉門は短くなった煙草を灰皿で揉《も》み消し、高柳は腕組みをしてうつむいた。すぐに答えを出せるような話ではなかった。しかし、答えを出さない限り、明日もまたいままでと同じような日が繰り返される。

半殺しを全殺しに変更、ただそれだけの話じゃないか――もうひとりの自分が耳元で言った。穴井に対する積もり積もった恨みの質量を考えれば、半殺しのつもりがうっかり殺してしまうことだって充分に考えられる。そうであるなら……。

「わかった」

高柳はうなずいた。

「仕事を分担しよう。あの野郎は俺が消す。それ以外は全部おまえにまかせる」

斉門は息をつめ、高柳の顔をまじまじと見つめてきた。

「ひとりで手を汚そうっていうのか？」

「それ以外じゃ戦力になれそうもない。やくざとの交渉とかな」

「だからって……」

今度は高柳が手をあげて斉門を制した。

「俺がやる。あんな馬鹿ひとり殺すのに、ふたりがかりなんて恥ずかしいぜ」

口には出さなかったが、斉門が高柳に話をもちかけてきたのは、自分ひとりで穴井を殺す自信がなかったからに違いない。ならば、期待に応えてやる、いや、期待以上の働きをして、斉門を驚かせてやりたい。

高柳の眼に殺意が浮かんだのだろう、斉門は視線をはずしてから言った。

「わかった。穴井はおまえにまかせる」

コンビニで買ってきた安物のウイスキーで乾杯した。高柳はなかなか酔えなかったが、斉門はあっという間に酔っ払って、饒舌《じょうぜつ》になった。

「なんだかわくわくするな。穴井を消したら、女の子たちも入れ替えよう。穴井のチンポしゃぶってたような馬鹿女は、まとめてポイだ。フレッシュな素人《しろうと》をメインにして、客と女の子がイチから一緒に店をつくっていく……そんな感じがいい。できれば店名も変えたいところだが、目立ちそうなんでやめておこう。最初は知る人ぞ知る店でいいんだ。きっちりやってれば、客は絶対についてくる……」

その一週間後、高柳は計画を実行した。

ひとりでやると啖呵《たんか》を切ったものの、準備にはもちろん斉門の協力が必要だった。穴井の行動予定の把握、クルーザーの手配、そしていちばん重要なのが殺害の場所だった。穴井の自宅に乗りこむ、路上で拉致する、あるいはどこかにおびき出す——いろいろな方法が考えられたが、高柳は閉店後の店を選んだ。

階上はファッションヘルスで、階下はカラオケスナックが三軒。穴井がどれだけ怒鳴り散らそうが、殴られた黒服が悲鳴をあげようが、文句を言われたことはない。

ただ、穴井の場合、それほど遅くまで店に残っていないという問題があった。深夜一時に営業を終えると、後片付けや戸締まりはスタッフにまかせ、早々に帰っていく。残業は、黒服をいじめるとき限定。それだって、最後のひとりになるまで残っているようなことはない。

「女を使おう」

斉門は当時、以前〈エバーグリーン〉で働いていたサエコという女と付き合っていた。

といっても、セフレのひとりにすぎないのだろうが、穴井はそのサエコにかなりご執心《しゅうしん》で、在籍中には熱心に口説《くど》かれ、ひと晩付き合ってくれるなら十万円払ってもいいとまで言われたらしい。

「サエコのスマホを使って穴井をおびきだすんだ。閉店後の店で会いたいとLINEしてやればいい。金に困ってるふうを装えば、穴井は鼻の下を伸ばして待ってるはずさ」

実際、そうなった。ただし、深夜二時の店に現れたのはサエコではなく、黒い革の手袋をはめた高柳だった。

ドゥ、ドゥ、ドゥ、ドゥ、ドゥ、ドゥ、ドドドゥ……ドゥ、ドゥ、ドゥ、ドゥ、ドゥ、ドゥ、ドドドゥ……。

「なんだテメエ……」

凄んだ穴井の顎に、掌底《しょうてい》を打ちこんだ。アッパーカットだ。その一発で、穴井は脳震盪《のうしんとう》を起こしたに違いない。倒れなかっただけでもたいしたものだ。

穴井の筋肉は見てくれだけで、格闘技経験はない、と高柳は踏んでいた。二年にもわたって殴られつづけていれば、それくらいのことはわかる。

二発目はこめかみに右の拳を、三発目はみぞおちに左の膝を入れた。それでほとんど、穴井は戦意喪失した。床に膝をついたので、髪をつかんでトイレに引きずっていった。客用のトイレだ。小便器と個室はひとつずつだが、豪華さを演出するために余剰スペースを広くとっていて、床は黒い人工大理石。

ここなら水も使えるし、血の後始末が簡単だ。騒いでも近隣に気づかれる心配がないという理由もあるが、このトイレの存在が殺害場所を店に決めたいちばんの理由だった。

「まっ、待てよ……ちょっと待ってくれ……」

床に膝をついた穴井は、下手な悪役レスラーのように両手をあげて許しを乞《こ》うた。サエコとの逢瀬《おうせ》をさぞや楽しみにしていたのだろう。普段より洒落《しゃれ》た、光沢のあるグレイのスーツを着ていた。

「なんでいきなり殴るんだ？　理由を言えよ。話しあおう。俺はこう見えて、おまえのことを高く買ってる……ぎゃあっ！」

右手の小指を、つかんで折った。手のひらで骨の折れる感触を嚙みしめつつ、顔面に膝蹴りを入れた。気絶してもおかしくない一撃だったので、穴井は顔を押さえて床の上でのたうちまわった。

悲鳴をあげるのはいっこうにかまわなかったが、耳障りなのでタオルを使って猿轡《さるぐつわ》をした。それから、ボコボコに蹴った。革靴の踵を、顔面や脇腹に入れた。さっさと始末したほうが楽なのに、ふたつの理由で高柳はなかなかトドメが刺せなかった。

ひとつは、穴井の顔を見た瞬間、耐えがたいほどの憎悪がこみあげてきたからだった。普通に喧嘩すれば負けるわけがないこんな男に、二年間も殴られつづけた。精神的にも相当な屈辱を受けた。さらに、殴られて辞めていった仲間たち——森田と菊地のように、プライドを粉々に砕かれてしまったやつらのことを考えると、とてもあっさり殺してしまう気にはなれなかった。

もうひとつの理由は、やはり人を殺すことに対しての嫌悪感があったからだ。喧嘩の延長戦上にあるように見えても、やはり違う。一線を越える恐怖を呑みこまなければ、実行できそうにない。

ましてや高柳の場合、父親が殺人者だった。そのことによって、人生がいびつに歪められた。殺した理由さえ、高柳はいまだに知らない。ただ、罪の重さだけは知っている。罪を犯した人間だけではなく、その家族まで地獄に堕《お》としてしまうのが、人を殺《あや》めるということなのである。

顔面を蹴りすぎたせいで、猿轡が少しずれ、

「こっ、殺さないでくれ……金なら払う……な、金ならいくら払ってもいいから、殺すのだけは勘弁してくれ……」

穴井は腫れた瞼《まぶた》の奥から涙を流して、命乞いしてきた。醜悪さに、眼をそむけたくなった。だが同時に、言い様のない高揚感が足元からこみあげてきた。

支配している、と思った。自分はいま、この男を完全に支配している。普通の喧嘩のとき、そんなことを思ったことはない。だがいまは、支配者となった熱狂を、たしかに感じ

ていた。穴井がどこで生まれ、どんなふうに育ってきたのかは知らない。しかし、その人生に終止符を打つことが、いまの自分にはできる。

高柳は猿轡を直すと、物置に隠してあったシルバーメタルのスーツケースを引きずってきた。一二〇リットルのアルミ製。中からハスクバーナの手斧《おの》を出した。刃物などなくても穴井ひとりくらい殺せると思っていたから、殺したあとに使う予定だった。穴井はガタイがいいので、体のどこかを切断しなければ、スーツケースに収まってくれないと思ったのだ。

だが、命乞いする穴井を見ていたら、脅かしてやりたくなった。鈍色《にびいろ》に光る斧の刃を鼻先に突きつけてやると、穴井は期待通りに震えあがった。高柳はますます高揚し、支配欲が満たされていくことに恍惚とさえしそうだった。

ハスクバーナの手斧はスウェーデン製で、全長三八センチ。グリップの木材が独特な曲がり方をしていて、クラシカルでありながら洗練されたデザインだ。

高柳は中学二年まで、これでよく薪《まき》を割っていた。庭の石窯《いしがま》でピザを焼くためだが、薪割り自体が楽しくて、いつも使いきれないくらい大量に割った。薪で焚《た》く五右衛門風呂でもつくろうか、と父と母は笑っていた。その顔が見たくて、延々と薪を割っていたところもある。

懐かしい握り心地を噛みしめながら、斧をうならせた。

狙ったのは穴井の左腕だ。大量の血が噴きだしたものの、見てくれだけは立派な筋肉の鎧《よろい》をつけているので、一発で切断はできなかった。穴井は猿轡の下で断末魔《だんまつま》の悲鳴をあげ、床に転んでのたうちまわった。

高柳はその後頭部を踏みつけながら、何度も斧を振りおろした。グレイのスーツが破れて血まみれになり、裂けた皮膚の間からピンク色の肉が見えた。ぶよぶよした白い部分は脂肪だろうか。刃にあたる骨の硬い感触がした。のこぎりじゃないとダメかもしれないと思いつつ、手首をつかんで腕をもちあげ、しつこく斧で叩きつづけた。

切り落としたときの達成感は、なかなかのものだった。高柳は、うつ伏せになっていた穴井の体をあお向けにした。虫の息だが、まだ生きていた。血と脂汗でテラテラと光っている顔は、恐怖と苦痛に歪みきっていた。

穴井はいま、なにを考えているのだろう？　腕一本で勘弁してもらえると、安直に考えているだろうか。それとも、すでに諦めているのか。諦めるのはまだ早い。ただ暴力に恐怖し、怯えているだけでは、こちらの支配欲が満たされない。もっと盛大に涙を流し、命乞いをしてもらわなくては……。

「ぐおっ！」

残った右腕に斧を振りおろすと、瞼が腫れているにもかかわらず、穴井は眼球が飛びだしそうなほど眼を見開いた。高柳は狂ったように斧を振りおろした。ピンク色の肉片が飛び散っても、骨がなかなか砕けなかった。血と脂が革手袋にべっとりと付着し、斧の柄がいまにもすっぽ抜けそうだった。握力も次第になくなってきている。

それでもなんとか、右腕を切り落とした。斧が床に落ちた。体力には自信があったが、右手が握力を失い、斧の柄をつかんでいることができなかった。息があがっていた。むせかえる血の匂いのせいで、呼吸もままならない。

両腕を切り落とされても、穴井はまだ生きていた。高柳はつい、笑ってしまった。人間、両腕がなくなるとこんなにも滑稽な姿になるのか、と感心した。

猿轡をはずしてやると、穴井は「助けてくれ、助けてくれ」と声にならない声で訴えてきた。口をパクパクさせているのが、酸欠の金魚みたいで面白かった。そのうち、あぶくのようなものを吹きはじめた。

もちろん、助けるわけにはいかなかったし、トドメを刺して楽にしてやる気にもなれなかった。

スーツケースの中をのぞきこむと、溜息がもれた。自分の体力を過信していたことを後悔した。のこぎりではなく、チェーンソーを用意しておくべきだった。電動式なら、それほど音も大きくないらしい。これから両脚も切断し、セメントをこねてバラバラの死体をコンクリート漬けにし、血まみれになったトイレもきれいに掃除しなければならないと思うと、気が遠くなりそうだった。

第三章　ツイステッド・ソウル

1

古川橋から五反田まで、結局二十分強で到着した。予想より早かった。嫌なことを思いだしていたせいで、早足になりすぎてしまったのかもしれない。桜田通りが下り勾配《こうばい》になるとますますスピードに乗って、ニッポンレンタカーがあるところから左に折れて有楽街に入るころには、息がはずんでいた。

時刻は午後九時三十分。どこの酒場もいちばんにぎやかな時間だから、それなりに人の流れがある。知っている人間と出くわさないことを祈りつつ、なるべく暗がりを選んで歩き、顔を伏せて進む。

ツバサが店にいたときから、すでに三、四十分が経過していた。だがおそらく、斉門は店にいない。何度電話をかけても出ないのだから、店の事務所で呑気《のんき》に煙草《たばこ》を吸っているわけがない。にもかかわらず五反田までやってきたのは、ひとつ確かめておきたいことがあったからだ。

〈エバーグリーン〉のある有楽街の中心地を右手に見ながらまっすぐ進み、店で借りている月極駐車場に向かう。キャバクラ嬢の送迎ドライバーが仕事をするのは、終電がなくなった深夜帯だ。それゆえ、副業にしている者が多く、この時間に待機していることはない。ただ、店のクルマは停まっているはずだった。

盛り場にある駐車場は、そこだけが妙に暗いものだ。高柳は身を屈《かが》め、闇に乗じてクルマに近づいていった。

黒いアルファード。後ろ側のボディを確認する。金属バットで殴打《おうだ》した痕跡《こんせき》がしっかり残っていた。白金の住宅街で黒いアルファードから襲撃者が現れたとき、違和感を覚えたのだ。珍しくもない車種とはいえ、犯罪行為に使うにはいささか高級車すぎるし、年式も新しかった。

運転席に人影があった。予想外だったが、ツイていると解釈することにした。身を屈めたまま助手席に接近し、いきなりドアを開けた。鍵はかかっていなかった。襲撃者の一味のくせに、危機管理がなってない。

「よお」

助手席に体をすべりこませ、ドライバーの顔を見る。和田武史《わだたけし》、二十三歳。たしか、栃木あたりの暴走族出身だ。いまの時代に暴走族かよ、と面接した高柳や斉門が呆《あき》れた顔をしているにもかかわらず、真顔で武勇伝を語っていた。頭は悪いが、目上の人間には従順そうだったので採用した。

高柳の顔を見るなり、和田は文字通り絶句した。唇《くちびる》を震わせるばかりで、言葉がなにも出てこなかった。和田は高柳の腕力の強さを知っている。以前、タトゥーだらけの不良三人にからまれていて、助けてやったことがある。喧嘩《けんか》までするつもりはなかったが、不良は日本語の通じない外国人だった。訳のわからないことをわめきちらしていたので、三人ともぶちのめした。

「誰の指図《さしず》だ？」

高柳が低く声を絞ると、和田の唇の震えは全身に及び、完全に顔色を失った。スカジャンの襟《えり》をつかむと、「ひっ！」と悲鳴をあげた。失禁でもしそうな怯《おび》え方だった。

「何度も言わせるなよ……」

高柳は口許《くちもと》だけで笑いかけた。

「誰の指図だ？　素直に全部吐けば、おまえは殺すリストからはずしてやる」

「……チッ、チーフ」

蚊の鳴くような声で、和田は言った。

「なんだと?」

「チーフに言われてやりました」

「唐須か?　斉門じゃないんだな?」

「チーフです」

「一緒にいた覆面の連中はなにもんだ?」

和田は首を横に振った。

「わかりません。初めて会う人ばかりでした」

「本当か?」

滑稽《こっけい》なほど身をすくめてうなずく。

「初めて会っても、どういう連中かわかるだろう?　なにでシノいでるように見えた?　やくざっぽかったとか、若いヤンキーとか、特徴を言え」

和田は首をかしげるばかりだった。シラを切っているわけではないだろう。和田にそれほど鋭《するど》い観察眼などあるわけがなく、期待をしても虚《むな》しいだけだ。

「このボンクラ!」

裏拳を鼻っ柱に入れると、「うっ!」とうめいて両手で顔を覆った。高柳は助手席から飛びだし、運転席のドアを開けて和田を引きずりだした。アルファードのスマートキーを奪ってから、死なない程度にボコボコにし、ビルとビルの隙間に捨てた。

それにしても……。

襲撃の指図をした黒幕が、唐須……。

となると、目的は口封じではなく、店の乗っ取りか。高柳と斉門が穴井にしたように、自分たちを消そうとしたのか。高柳はすでに店を辞める決意を固めていたが、斉門がそれを唐須に伝えていないとしたら、ふたり揃って消してしまおうと考えてもおかしくない。

そういう絵図なら……。

斉門が危ない。

いくら電話をしても出ないのは、すでに拉致《らち》されているからなのか。それとも……まさかもうこの世にいないのか。

「……ちくしょう」

高柳は走りだした。〈エバーグリーン〉に行き、唐須をツメるしかなさそうだった。鵺《ぬえ》のように正体のないあの男をどうやって追いこもうか考えていると、本人の姿が見えた。店の入ったビルの下まで、客を送りにきていたのだ。

高柳はあわててストップした。心臓が早鐘《はやがね》を打っていた。唐須はひとりではなかった。女の子をふたり従えていたし、もちろん客もいる。

客が立ち去っていくタイミングを見計らって、近づいていった。ポマードたっぷりの横分けに銀縁メガネ、身長は高柳とほぼ同じ。

「あっ、高柳さん」

女の子のひとりが気づき、唐須もこちらを見た。いつも通りに過剰な笑顔を浮かべていた。メガネの奥のキツネ眼だけは笑っていないのもいつも通りだ。鼻が大きく唇が分厚いせいか、なんとなくゴムでつくった人形の顔に見える。

「ちょっといいか」

高柳は唐須の眼を見たまま、低く言った。女の子たちには、先に店に戻るよう仕草《しぐさ》でうながす。

「なんでしょうか？　いまちょっと手が離せないんですが……」

唐須は笑いながらも、ひどく迷惑そうに言った。器用な男だ。

「人をマトにかけておいて、とぼけたこと言いやがるな」

「いったいなんの話です？」

まだしつこく顔に張りついている脂《あぶら》ぎった笑顔に苛立《いらだ》ち、殴《なぐ》ってやりたくなった。しかし、ここは盛り場のど真ん中。人通りがある。酔っ払いがひっきりなしに側を通りすぎていく。

「しらばっくれるなよ、和田がウタッたぞ」

唐須の顔色は変わらない。

「あんたの指示で、襲撃のドライバー役をやらされたってな」

「なんのことやら……」

ヘラヘラ笑いながら、人を小馬鹿にするような感じで首を振る。

高柳の表情は険《けわ》しくなった。いつだって取りつく島のない男だが、この余裕がいったいどこからくるのかわからない。

唐須は高柳に対する襲撃を指示した。それに失敗したという報告も、とっくに耳に入っているはずだ。なのにヘラヘラ笑ってシラを切る。こちらは和田の言質《げんち》もとっている。逃げられない立場にあることを理解していないのか。

もう面倒なので、人目につかないビルの裏で痛めつけてやろうと決めたとき、ポケットの中でスマホが鳴った。

斉門からの電話だった。

高柳は唐須を睨《にら》みつけて言った。

「ちょっと待ってろ」

電話に出ようとすると、

「忙しいので失礼します」

唐須は早口で言い、背中を向けて歩きだした。高柳は歯嚙《はが》みをしながら電話を受けた。

まあいい。唐須の居場所はもうわかった。いまは斉門の電話のほうが優先度が高い。

「もしもし……」

「なんだよ、鬼電かけてきやがって」

電話の向こうで斉門は笑っていた。

「おまえ、大丈夫なのか？　いまどこにいる？」

「なに焦ってるんだ？」

「焦るに決まってるだろうが。こっちは襲撃を受けたんだ。覆面に金属バットでな。おまえはなんともないのか？」

「そんなことより、もっと面白《おもしれ》え話をしようぜ」

まだ笑っている。ククク、と喉《のど》を鳴らす音が聞こえる。

「金儲《もう》けの話だ」

「興味がないと言ったはずだ」

「まあ、そう言うな。こないだの話の続きだよ。ガールズバーよりもっと儲かる、すげえいいアイデアがあるんだよ。なんだと思う？　マーダーインク、殺人会社って知ってるか？　正確には、殺人請負会社だな。どうだ？　面白そうだろう？」

高柳は言葉を返せなかった。なぜいまそんな物騒《ぶっそう》な話を始めたのか、意味がわからなかったからだ。

「おまえって男はよ、人殺しが大好きじゃないか？　だからそれを活かせるビジネスを考えたんだ。いくらでも殺させてやるよ。報酬付きで」

「人殺しが大好き？　ナメてんのかテメエ……」

「おいおい、忘れたとは言わさねえぞ。穴井を殺したときのこと……」

高柳は腋《わき》に汗が滲《にじ》むのを感じた。

また嫌なことを思いだした。いや、思いださせられた。


一年前——。

穴井の両手両脚を切断し、最後に首まで切り落とした高柳は、大変な興奮状態だった。脳内麻薬がドバドバ出ている感じで、鏡を見なくても瞳孔《どうこう》が開いているのがわかった。全身に力がみなぎり、失ったはずの握力までいつの間にか復活していた。穴井の手足を生きたまま切り落としながら、恍惚《こうこつ》とし、陶酔《とうすい》さえしていた。

「おっ、おまえ、なにやってんだっ！」

様子を見に来た斉門が、悲鳴にも似た声をあげた。高柳はバラバラになった穴井の死体をスーツケースに収めていた。あとから斉門に聞いた話では、生首を撫《な》でまわしながら笑っていたらしい。

斉門は、高柳がとっくに仕事を終えているはずだと判断し、午前四時ごろにやってきたのだ。

実際、ぶちのめして首でも絞《し》めていれば、穴井を殺すのに五分とかからなかったろう。

それから両脚を切断し、スーツケースに詰め、コンクリート漬けにするのに、二時間あれば充分だ。時間の読みは間違っていない。

斉門は、高柳と一緒に血まみれになったトイレの掃除をし、死体の入ったスーツケースを運びだすつもりで、店にやってきたのである。コンクリートを乾かさなくては海に捨てられないし、まさか店や寮には置いておけないので、偽名で借りたコンテナハウスで保管することになっていた。

しかし、斉門はなによりもまず、高柳の興奮を鎮《しず》めることから仕事を始めなければならなかった。高柳は正気を失う寸前だった。生首を撫でまわしながら、過呼吸になりそうなほど呼吸を荒らげていた。

「見てくれよ、この穴井の不様《ぶざま》な姿っ！　笑うよな。あんな偉そうにしてたくせに、いまはダルマのうえに、さらし首だぜ。森田や菊地にも見せてやりてえな。動画撮って送ってやろうか？　拍手喝采《かっさい》で喜ぶんじゃねえか？」

「おまえ、ちょっと落ち着け……」

斉門はゲラゲラ笑っている高柳の肩を抱き、血の匂いでむせかえりそうなトイレから出た。高柳は頭の先から爪先までたっぷりと返り血を浴び、靴の裏にも血が付着していた。そんな状態で絨毯《じゅうたん》の上を歩き、ソファに座ったりしたら、証拠隠滅のための仕事が何倍にも増える。斉門だってわかっていたはずなのに、そうせざるを得なかったほど、高柳は狂気に駆られていたのである。

　ククク、と電話の向こうで斉門が笑った。

「さすがにびっくりしたよ。あんときのおまえは、完全に快楽殺人鬼だった。認めろよ、そういう自分の性分を。もちろん、俺は蔑《さげす》んで言ってるわけじゃない。ビジネスにしようって言ってるんだ。おまえは人を殺したい、俺は金を儲けたい、マーダーインクでウィン・ウィンじゃねえか」

「……現実の話をしてくれねえかな」

　高柳は上ずりそうになる声を必死に抑えて言った。さすがにショックが大きかった。斉門の口ぶりは、あきらかに敵対者のものだった。友情はここに潰《つい》え、もはや信頼関係も存在しない、ということらしい。

「聞いてんのか、この野郎。俺は今夜、女といるところを襲撃された。和田の馬鹿が店のクルマ使ったんで、さっきツメたら唐須に指示されたと白状した。黒幕はやつなのか？　それともおまえか？」

　斉門は答えない。

「あるいは、おまえと唐須がつるんで俺を狙った……目的はなんだ？　俺に殺しをさせたいのか？」

まだ黙っている。

「まあいいよ。これから唐須を殺して、おまえのことも殺しにいく。穴井みたいな姿にしてやる。言い訳はそんときにじっくり聞かせてもらうぜ」

電話を切ろうとすると、

「悪いがそうはならない」

斉門が冷たい声で言った。

「おまえは俺の指示に従うことしかできなくなる。だから、荒っぽい真似《まね》はやめてくれ。こっちも荒っぽい真似はしたくない。ウィン・ウィンの話は嘘《うそ》じゃねえ。おまえが愛だの幸せだの言ってねえで、俺の相棒を続けてくれるなら、それなりに遇する。愛のためにも、そのほうが絶対にいい……」

高柳は電話を切った。斉門の態度に怒りがこみあげてきたからではなかった。やけに自信がありそうな口ぶりに、不安を掻きたてられたのだ。

ツバサに電話をした。ワンコールで出た。

「もしもしー」

「もうホテルに着いたか？」

「ううん、まだ家」

「家って……」

「ツバサには危機感が足りなかった。……」


「家には戻るなと言っただろうが」

「だって、コスプレしたままシャレオツな高層ホテルなんてチェックインできないじゃないですかぁ？　着替えに戻ってきただけですよー」

事情を話していないからしかたがないのだが、ツバサには危機感が足りなかった。

「おまえ、どこに住んでる？」

「戸越銀座《とごしぎんざ》」

「詳しい住所をＬＩＮＥで送れ。こっちはいま五反田だ。すぐ迎えにいくから、そこで待ってろ」

高柳は電話を切り、駐車場までダッシュした。ビルとビルの隙間に捨てた和田は、まだのびたままだった。アルファードの運転席に乗りこみ、エンジンをかける。

戸越銀座なら、眼と鼻の先だった。五反田から地下鉄でひと駅、クルマでも十分とかからない。

2

道の細い住宅街に、図体《ずうたい》のでかいアルファードは向いていなかった。

ツバサが送ってきた住所をナビに入れて進んでいるが、なんだか行ったり来たりしているばかりで、目的地に辿《たど》りつけない。五反田から戸越までは桜田通りをまっすぐ南下するだけだから、予想通り十分もかからなかった。なのに住宅街の中に入ってから、さらに十分以上経過している。

気持ちばかりが焦っていた。斉門と唐須がつるんでいるとして、ふたりだけのチームというのは考えにくかった。

運転手の和田に声をかけたのだから、唐須が襲撃グループを指揮していると考えていいだろう。しかし、唐須から暴力の匂いは漂ってこない。ポンコツばかりだったとはいえ、人を集めて暴れさせるには、それなりの度量が必要だ。

となると、バックにまだ誰かいる。

まさか組織なのか……。

穴井を消すことに成功したのち、高柳と斉門は〈エバーグリーン〉のケツもちだった根本組に挨拶《あいさつ》に行った。斉門はひとりで行くと主張したが、不測《ふそく》の事態が考えられた。もし経営陣の交代について難癖《なんくせ》をつけられたり、疑惑をもたれたりしたら、即刻身柄をかわさなければならない。極道の事務所に足を踏み入れたことなんてなかったから、高柳は穴井を殺したときより緊張した。

しかし、その席で斉門は、根本組の若頭《わかがしら》である綿貫俊充《わたぬきとしみつ》と意気投合《いきとうごう》する。

「僕らは間違っても本職の方に逆らおうなんて気持ちはありませんから」

百万円の札束が入った封筒を渡すと、綿貫は顔をほころばせた。

「そりゃあまあ、こっちにしても渡りに船かもしれんね」

従業員による店の乗っ取りを疑われてもしたがない状況なのに、根本組の面々は歓迎ムードで、綿貫はむしろ、前オーナーである穴井のほうに嫌悪感を抱いているようだった。

もちろん、組を破門になるような男だったからだろう。

それが縁となり、斉門は根本組の人間と交流するようになった。斉門にやくざの取り巻きができた、と言ったほうが正確かもしれない。綿貫は〈エバーグリーン〉にもよくやってきていた。やくざだからといって尊大に振る舞うことなく、飲み方はスマートだったし、斉門のことをとても高く買っているようだった。

人付き合いが苦手な高柳は交流の輪からはずれていたが、どこか誇らしい気分だった。高柳の眼には、斉門がやくざを手玉にとっているように見えたからだ。ほんの少し前まで、穴井に殴られてばかりいたのが嘘のような豹変《ひょうへん》ぶりで、やり手の実業家にしか見えなかった。

いや、もともと斉門には才覚があったのだ。斉門が実質的なトップとなり、女の子を入れ替えたり、店の風紀《ふうき》を改めたことで、〈エバーグリーン〉は快進撃を始めた。三カ月とかからず、五反田界隈《かいわい》で屈指《くっし》の人気店に昇りつめた。

「根本組か……」

唐須が根本組の息のかかった人間である、という線は考えられないだろうか。それなら、先ほどの余裕も理解できる。バックにやくざがいるなら誰だって強気になれるし、根本組を通じて斉門と繋《つな》がっているからくりも見えてくる。

だがその一方で、こちらの分はかなり悪くなる。

相手にしなければならないのが、個人ではなく組織になるからだ。高柳にしても、組織と事を構えるつもりなど毛頭《もうとう》なかった。しかし、だからといって斉門がお膳立てしようとしている殺し屋になるのもごめんこうむりたい。

とにかくいまは、充希を保護することが最優先事項だった。ツバサだって、これ以上巻きこんで危険な目に遭わせるわけにはいかない。

幸いというべきか、ツバサの場合、店を辞めて引っ越せば、組織から追われることはないだろう。ツバサという「女」は、この世のどこにも存在しない。男に戻って生活しているぶんには、絶対に気づかれない。店に提出した学生証からして偽造であり、お嬢様系の女子大に在籍していることになっていた。

「ここって最初に来たところじゃねえか……」

ようやくツバサの自宅マンションに辿りついた高柳は、舌打ちしてクルマから飛びだした。ナビが目的地と表示していた対面の建物だった。十八歳の大学生が住むにしては立派すぎるマンションだったので、うっかりスルーしてしまった。

エントランスで部屋の番号を押した。反応が遅くて焦《じ》れる。

「はい……」

ようやく聞こえてきた声は、消え入りそうなほど小さかった。

「俺だよ、高柳だ」

ガチャッ、とオートロックが解除される音がした。しかし、ツバサの声の小ささが気になり、

「おまえ、ツバサだよな?」

思わず訊いてしまった。

「そうです。早く来てください」

やはりツバサとは思えないほど、声が小さく震えている。怯えが伝わってくる。高柳は緊張した。ツバサは本格的にキックボクシングをやっていて、バンコクにムエタイ留学したことまであるらしい。向こうで競技大会に出場した経験もあり、並みの男なら肘《ひじ》打ち一

発で倒すことができる。

ツバサに不安があるとしたら、むしろそのことによる過信だ。高柳にさえ挑みかかってきたくらいだから、喧嘩の値踏みができない。ましてや相手がやくざなら、刃物や拳銃を持っている可能性もある。すでに胆《きも》が抜かれるほど、痛めつけられたあとなのか。

襲撃者たちは六人がかりにもかかわらず、高柳と充希を取り逃がし、怪我人まで出した。となると、次の襲撃はかならず、それなりの準備をしてくる。組員が迂闊《うかつ》に発砲すれば、組長まで警察に引っぱられるご時世だ。しかし、だからといって拳銃を持っていないやくざの組なんてない。素人《しろうと》相手なら、極めて効果的な脅《おど》しの道具になる。

襲撃者がいる、という想定で動くべきだった。

ツバサの部屋のある四階まで、階段で移動した。エレベーターの扉が開いた瞬間、銃口を向けられたら逃れようがないからだ。階段室の金属製の扉に耳を押しあて、気配を探った。誰もいないようだったので、ゆっくりと扉を開く。

廊下は絨毯敷きの内廊下で、いっぱしのシティホテルのような豪華さだった。ひとり暮らしの大学生がこんなところに住むなんて、ツバサはああ見えてとんでもないお坊ちゃんなのかもしれない。

部屋の前まで来た。インターフォンを押すかどうか、迷った。いきなり発砲してくることもないだろう、と覚悟を決めて押した。念のため、扉の正面から離れた。斉門の口ぶりでは、目的はこちらの命を奪うことではなく、汚れ仕事を押しつけることだ。ならばたとえ最悪の状況でも――充希とツバサに銃口が突きつけられていたとしても、話しあいの余《よ》地《ち》はある。

扉が開き、ツバサが顔を出した。怪我はしていなかった。背後に拳銃を持った男の姿もない。ウィッグを取ったのだろう、黒いショートカットになり、鮮やかなグリーンのニットを着ていた。下は色褪《あ》せたデニムパンツ。ドレスダウンしていても化粧をしているので女に見えたが、幽霊のように青ざめた顔をしている。

言葉もないまま、部屋の中にUターンしていった。高柳も玄関で靴を脱ぎ、あとに続いた。ツバサの様子は普通ではなかった。しかし、脅されているにしては緊張感が足りない。むしろ放心状態で、魂《たましい》をどこかに置き忘れてきたようだ。

高柳は表情を険しくしてツバサに続いた。嫌な予感しかしなかった。不穏に高鳴る心臓の音を聞きながら短い廊下を抜け、リビングに出た。生臭い匂いが鼻腔を刺した。黒い物体が床に横たわっていた。

ビクッと身構えた。人だった。見覚えのある黒い作業着を着た男がうつ伏せに倒れ、血を流していた。尋常な量ではない。フローリングの床に、刻一刻《こくいっこく》と血の海がひろがっていく。まだ死んだばかり、ということか。

キッチンにも似たような光景があった。その男も黒い作業着姿で、ふたりとも靴を履いていた。土足であがりこんできたのだ。

「……おまえがやったのか？」

ツバサは力なく首を横に振った。じゃあ誰がやったんだ！　と怒鳴ろうとした自分を、懸命に抑えた。

「充希は？」

虚《うつ》ろな視線が、部屋の奥に向かっていく。扉が開いていたので、高柳はそちらに足を向けた。寝室らしい。キングサイズと思《おぼ》しきベッドが置かれていた。充希の姿はない。クローゼットの扉が開いている。

高柳は恐るおそる足を踏みだし、中をのぞきこんだ。充希がしゃがんでいた。カラフルなコスプレ衣装が吊された下で、体を丸めてガタガタ震えている。両手で握りしめているのは包丁だった。刃には血がしたたっていたし、血の気を失った白い顔も淡いブルーのシャツも、真っ赤に染まっていた。胸に光る〇・七五カラットのダイヤまで……。

「……大丈夫か？」

高柳は驚愕に声を上ずらせながら、包丁をつかんだ充希の手を、両手で包んだ。

「俺だよ……しっかりしろ……また怖い思いさせて悪かったな……もう大丈夫だ……大丈夫だから……」

ささやくように言いつつも、指先に渾身《こんしん》の力をこめて充希の手を包丁から剝《は》がさなければならなかった。握ったまま、筋肉が硬直して固まっているような状態だった。ようやく包丁を奪いとると、充希はカッと眼を見開き、高柳を見つめてきた。数秒後、火がついたように泣きじゃくりはじめた。

充希をなだめるのにしばらくかかった。

抱きしめてやり、号泣からむせび泣きになっていくのを待つしかなかった。

ツバサが寝室に入ってきた。充希はまだしゃくりあげていたが、高柳はその体をベッドに横たえた。胎児のように体を丸めた充希を横眼で見ながら、包丁を拾《ひろ》いあげてツバサに近づいていく。寝室の外に出ろ、と目配せで指示する。高柳は寝室から二、三歩出たあたりで、充希を監視しながら、ツバサと話すことにした。

「いったいなにがあったんだ？」

血の匂いに顔をしかめながら訊《たず》ねた。テーブルにあったファッション雑誌に、包丁を挟んだ。

「わたしが迂闊でした……」

ツバサは痛恨を嚙みしめるように、色を失った唇を嚙みしめた。

「インターフォンで、高柳さんの遣いの者だって言われたの。電話があってから十分後だったから、ちょうど五反田から着きそうなタイミングじゃないですか……だから、かわりの人が迎えにきてくれたのかなって……そしたら……」

「おまえは悪くない」

高柳は太い息を吐きだすと、

「こんなことに巻きこんだ俺が悪い。勘弁してくれ」

苦りきった顔で頭をさげた。

「扉を開けたら、いきなり拳銃突きつけられて……わたしびっくりして後退《あとずさ》って……彼女はそのとき、キッチンでマンゴーを切ってたんです」

「マンゴー?」

「お客さんにもらったやつが、ちょうど飾ってあって。熟したいい匂いが部屋にこもってて、こんな時期に珍しいですねって彼女が言って……でも、マンゴーって切り方難しいじゃないですか? そんな話をしてたら、わたし切れますよって……」

ツバサは息をつめ、震える声で言葉を継いだ。

「部屋の呼び鈴が鳴って、こっちに銃口を向けた男たちが、靴を履いたままドヤドヤ入ってきて……彼女は呆然《ぼうぜん》と立ちすくんでました。いま思えば、右手を後ろに隠してた。少なくともわたしには、包丁を持っているのは見えなかった。わたしもそのとき焦りまくってたからよくわかりませんでしたけど……拳銃を持った男が『おとなしくしろ』って言いながら彼女に近づいていって、その背中がわたしには見えてて……彼女の姿が男の体に隠れた瞬間、男の首のあたりから噴水みたいに血が噴きだしたんです。男は首を押さえながら床に倒れてのたうちまわって……彼女がやったとは、思いませんでした。彼女も眼を真ん丸にして驚いてたから……でもやっぱり、右手は後ろに隠してて……もうひとりの男が『どうしたんだっ！』ってあわてて倒れた男の様子を見にいったんです。本当に一瞬の出来事でしたけど、しゃがんだ男の背中に彼女は後ろから飛びかかって、喉を包丁で……映画でも観てるみたいでした。でも、その男も強かった。喉から血が噴きだしてるのに彼女につかみかかろうとして、彼女はリビングに逃げて……男は結局、そこで倒れた……」

「拳銃は？」

高柳の声はかすれていた。喉が渇いてしようがなかった。

「撃たれなかったのか？」

ツバサはうなずき、

「あの人が持ってましたけど……」

キッチンで倒れているほうの男を指差した。高柳はうつ伏せで倒れている男の体の下を確認した。黒い塊《かたまり》があった。ベレッタM92――手に取った瞬間、溜息がもれた。軽かったからだ。エアガンですらない、廉価のモデルガンだ。

3

充希はまだ泣きやんでいなかった。

ベッドの上で丸くなり、ぐずぐずとしゃくりあげていたが、いつまでもここに留まっているわけにはいかなかった。

いささか酷《こく》だと思ったが、高柳は彼女を起こし、バスルームまで手を引いていった。血まみれの服を脱がした。白いブラジャーはもちろん、素肌まで血に染まっていた。

お互い全裸になって一緒にバスルームに入り、シャワーヘッドを持ってお湯を浴びさせた。ボディソープで丁寧に体を洗ってやった。髪も血まみれだったので、シャンプーまでしなければならなかった。充希はずっと泣いていたが、高柳もまた、その場にへたりこんでしまいそうなくらい打ちのめされていた。

いくら絶体絶命の危機的状況だったとはいえ……。

この小さな体の女の子が、大の男をふたり、一瞬にして始末できるものだろうか。凶器の刃物はペラペラな果物ナイフではなく、切れ味のよさそうなステンレス製のペティナイフだったが、それにしても……。

「タオル、置いておきますねー」

扉の外でツバサが言った。

「あと、着替えと下着。服はわたしのやつですけど、下着は新品……使ってないですから……」

用意されていたのは、タンクトップとボクサーブリーフだった。「男の娘」のくせにブラジャーはないのかと思ったが、新品はないのだろう。充希は黙って着けた。服は黒いシャツと黒い巻きスカート。黒ずくめが不吉な気がしたが、似合っていたのが救いだった。少し大人《おとな》っぽくなった感じがした。

当たり前だが、高柳の着替えは用意されていなかった。シャワーを浴びたあと、汚れたままの下着を着けるのは苦行以外のなにものでもなかった。冷や汗や嫌な汗をたっぷり吸ったワイシャツに袖《そで》を通すのも泣きたい気分だったが、そんなことを言っている場合ではなかった。

充希が洗面所で髪を乾かしているのを、じりじりしながら待った。

「これ……もし外が寒かったら、彼女に着てもらってください」

ツバサがベージュのトレンチコートを渡してきた。裏地がバーバリーチェックだ。

「いいのか？　こんな高そうなもん」

ツバサがうなずく。

「すまない。じゃあ、ありがたく貸してもらうよ。俺たちが出ていって……そうだな、三十分したら一一〇番に電話しろ」

ツバサは眼を泳がせた。

「警察になんて言えばいいんですか？」

「見たままを言うしかないだろうな。俺や充希をかばう必要はない。そんなことをしたら、おまえの立場が悪くなる。こんな高級マンション、至るところに監視カメラがついてるだろうし、隠したってすぐバレる」

「わたしにできることは、もうない？」

「今度はしっかり、警察だと確認してから鍵を開けることだ」

ツバサが気まずげに頰《ほお》をかく。

「面倒かけて申し訳なかった」

高柳は頭をさげ、リビングに転がった死体を見た。

「こんな状況じゃ、謝る程度ですむとは思えんが……」

広いリビングの半分以上が、すでに血の海だった。

「謝らないでください。悪いのは死んだほうの人ですから」

「とにかく、早々に引っ越したほうがいい」

「そうします」

「店にも行くな。フケたままにして、五反田には近づかないほうがいい。あの連中の後ろにいるのは斉門と唐須だ。その後ろにはケツもちのやくざがいる」

ツバサは息をつめたまま、言葉を返してこなかった。

「しばらく真面目《まじめ》な大学生に戻れ。『男の娘』は休業してな」

「高柳さんは、これから……」

「さあな」

高柳は苦笑まじりに首を振った。

「マジな話、どうしてこんなことになったのかさえわからない。わかんないまま、死体がふたつも出ちまった。ただですむとは思えんな……」

ツバサの眼に涙が溜まっていく。

「本当に、わたしにできること、もうありませんか？　わたし、高柳さんの手下ですよ」

「それも今日で卒業だ」

「わたしに一一〇番しろってことは、高柳さんは警察には行かないんですよね？　逃げるってことですよね？」

「まだ、わからんが……」

「一一〇番するの、朝まで待ちます」

ツバサは涙の光る眼で見つめてきた。

「夜が明けて、陽が昇ってから通報します。だからそれまでに……」

できるだけ遠くに逃げろ、と言いたいようだった。

高柳はツバサの短い髪をくしゃっとつかむと、力なく微笑《ほほえ》みかけた。

「おまえのこと、年の離れた弟みたいに思ってた」

「わたしだって、高柳さんに会えるの楽しみにして、お店に行ってました」

気の利いた別れの台詞《せりふ》を思いつかないうちに、充希が洗面所から出てきた。髪が乾いたらしい。

「じゃあな」

ポンポン、とツバサの頭を叩いて、高柳は充希に身を寄せていった。

ありがたいことに、泣きやんでくれていた。ほんの少し安堵《あんど》しつつ、充希の肩を抱いて玄関に向かう。ツバサのほうは振り返らない。

泣いているような気がしたからだ。ツバサの泣き顔を見たくなかった。人を欺《あざむ》くことが大好きな「男の娘」に、泣き顔は似合わない。

アルファードで戸越を離れた。

時刻はそろそろ午後十一時になろうとしていた。ほんの四、五時間前、白金の一軒家レストランで豪勢な食事をし、プロポーズしたのが嘘のようだ。

住宅街を抜けると、第二京浜を五反田方面に戻った。斉門が真央と住んでいるマンションは、中目黒《なかめぐろ》の目黒川沿いにある。今夜中にケリをつけてやるつもりだが、少し時間が早かった。まともに訪ねていっても会えるわけがないから、仕掛けが必要だ。

「寒くないか？」

助手席の充希に声をかけた。

「大丈夫です」

「ツバサが上着を貸してくれた。寒くなったら着ればいい。後ろにある」

充希はうなずき、

「どこへ行くんですか？」

と訊ねてきた。怯えきった声で。

「警察？」

「そうしたいのか？」

充希は首を横に振った。

「少し、高柳さんとお話がしたい。わたし、隠してたこと、あるし」

高柳は苦々しく顔をしかめた。話を聞くのが、はっきり言って怖かった。だがもちろん、聞かないわけにはいかない。

「ファミレスでも入ろうか？」

「クルマの中で……いいです……」

第二京浜から都道二号に入り、山手《やまて》通りを渋谷方面に左折する。行くあてがあったわけではない。まっすぐ行けば五反田だし、右に行けば北品川だから、馴染《なじ》みの場所を本能的に避けただけだ。

「びっくりしましたよね？」

充希の声はまだ怯えていた。

「人なんて殺しちゃって……」

「自分を責めないほうがいい」

高柳は横顔を向けたまま言った。

「拳銃突きつけられたんだろ？　正当防衛だ」

「もうひとりの人は持ってなかったし……」

「そういう問題じゃない。相手は拳銃持って他人の家に土足で踏みこんできたんだ。殺されたって文句は言えないだろう」

高柳は太い息を吐きだした。

「それに……俺としては充希が……ツバサもだが、犠牲になるほうが嫌だった。もし殺されていたりしたら……」

おそらく正気を失うほど怒り狂い、この手でぶち殺していただろう。

「そうか……」

「わたしもね、びっくりしたんです……」

充希の声音《こわね》に、高柳は違和感を覚えた。こちらの言葉に反応したのではなく、自分の話を続けている様子だった。

「でもそれは、高柳さんのびっくりとは違うびっくりで、なんていうかその……初めてじゃなかったというか……」

「ちょっと待て」

渋目《しぶめ》陸橋を越えたところに、二十四時間のパーキングがあった。高柳は減速してハンドルを切った。道を流しながら話をしていてもいいかと思っていたが、とてもじゃないが無理そうだった。

クルマをパーキングに入れた。五台しか駐車できないところで、空いていたスペースは一台分だった。右にはレンジローバー、左にはミニクーパーが停まっている。どちらも運転席に人がいなかったので、話はできそうだった。

エンジンを切ると、車内に静寂が訪れた。

高柳は充希を見た。

「初めてじゃなかったっていうのは?」

「人を殺したのが……」

充希はうつむいて答えた。

「冗談だろう？」

高柳は苦笑した。笑う声が異常に上ずっていた。冗談でないことは、充希の様子を見ていればわかった。

「二年前に可奈ちゃん……うちに遊びにきていた友達を殺したの、わたしなんです。お父さんじゃない。お父さんは、わたしをかばって自首してくれたんです」

一瞬、視界が歪《ゆが》んだような気がした。

「どうして……友達を……」

「わかりません」

充希は手の震えを押さえるように、しきりにこすりあわせている。

「わたし、病気なんです……自然の失敗作っていうか……可奈ちゃんは本当に仲のいい友達で、陸上部でも一緒だったし、同じ大学も受けたし、殺す理由なんて全然ないのに……衝動的に……カッターナイフで……」

高柳は言葉を返せなかった。もし、いまの話を聞いたのが数時間前だったら、ただ呆気《あっけ》にとられただけだったろう。あまりにも現実味がなく、冗談としても面白くない。

だが、高柳の脳裏《のうり》には、黒い作業着の男たちが血の海に沈んでいた光景が、まだ生々しく刻みこまれたままだった。生臭い血の匂いさえ、まだ鼻の奥にこびりついて離れない。

「子供のころから、そういう衝動があったんです。きっかけは、小学生のときカッターナイフを拾ったことでした。工業用って言うのかな、大きいやつがあるじゃないですか？　あれが道に落ちてて……カチカチカチって刃を出したら、油がついてて銀色に光って……綺麗だった。ランドセルの中に隠して、毎日見てた。わたしの家があったのって、運河とかがある埋め立て地の近くなんですけど、公園もいっぱいあるんです。すごく広い公園が。そこで学校帰りにひとりでカッターの刃を見てたら、猫が近づいてきて……気づいたら……首を……切ってて……想像以上にすごくよく切れたんだと思うんです。首を……切り落としちゃった……小学校三年生から四年生の間に、十三匹殺しました。一回、全然興奮がおさまらなくて、ちょっとおかしい感じになっちゃって、首を持って家に帰ったことがあります。庭にあるハナミズキの木の下に置いて眺めてたら、後ろでお母さんの悲鳴がして、お父さんも庭に飛びだしてきて……絶対に病気だったんですよ。脳に欠陥があるに違いないのに、両親はわたしを病院に連れていってくれなかった。猫の首をすぐに捨てにいって、なかったことにしようとした。どこに捨ててきたの？　って訊いても、なんの話だい？　とかお父さんに言われて……わかるんですけどね……お父さんの気持ちも、お母さんの気持ちも……だって普段のわたしは、ものすごく引っこみ思案《じあん》で、男の子に話しかけられただけで真っ赤になっちゃうような女の子だったから……なにかの間違いだと思いたかったんでしょうけど……」

レンジローバーの運転手がやってきて、エンジンをかけた。パーキングから出ていくまで、充希はじっと押し黙っていた。

「わたしもわたしで、両親のそういう態度に騙《だま》されたというか、なにかの間違いだと思いこもうとして……実際、それから猫を殺すことはなくなったんです。時間が経って中学生とかになると、現実のことだったかどうかも曖昧《あいまい》になってきて……あるとき、クラスの男子がUFOを見たって教室で騒いでいたことがあったんですね。幽霊とかもそうですけど、そういうのって、自分だけが見えるまぼろしみたいなものって言うじゃないですか？　わたしのもそんな感じなのかなあって……違ったんですけど……」

「じゃあ、二年前に友達を殺すまでは……」

「普通に生活してました。お父さんもお母さんもやさしかったし、少ないですけど友達もできて、平穏な毎日を……ただ、高校を卒業すると、ちょっと不安定になりました。原因は……大学受験の失敗。可奈ちゃんとか仲いい子たち何人かと一緒に受けたんですけど、わたしがいちばん成績がよかった。合格確実って言われてたのに、わたしだけ落ちちゃって……それを逆恨《さかうら》みして可奈ちゃんを殺したんじゃないですよ。それは本当にそうで、自分の努力が足りなかったとか、運が悪かったとか、頭では理解してたんですけど……なんていうんだろう、わーって声をあげて泣き叫びたいのに、それができないうずうずした感じ？　そういうのがいつもあって……」

充希は言葉を切り、うつむいた。呼吸が荒かった。呼吸音だけが規則的に聞こえてくる重苦しい沈黙が、アルファードの広い車内を満たしていく。高柳は、なんと声をかけていいかわからなかった。それどころか、自分を保っているのが精いっぱいだった。

「これ言うの、ものすごく恥ずかしいですけど……」

充希がうつむいたままボソッと言った。

「大丈夫だよ。言ってごらん」

「そのころのわたしって、セックスを知らなかったじゃないですか?」

たしかに、それはそうだろう。充希の処女は、高柳が奪った。この腕の中で、彼女は大人の女になった。

だが、それがいまの話とどう繋がるのか。

「セックスを……もし知ってたら……あんなことしなかったのかもしれないなあって……高柳さんとお付き合いするようになってから、思って……セックスのときはわたし、自分でも驚くくらい、わーって大きな声を出してるし……でも……でも……」

充希の頬に涙がこぼれ落ち、体が震えだしたので、高柳は手をつかんだ。血が通っていないように冷たかった。

「それってものすごくひどいっていうか、可奈ちゃんを殺したのはセックスのかわりだったのかって考えると……なんかもう本当にわたし……人間じゃないっていうか、生まれてこなかったほうがよかったっていうか……」

充希は高柳の手を振りほどき、両手で顔を覆って泣きだした。

「そんなこと言うな」

小さな肩を抱いてやっても、充希の涙はとまらなかった。

高柳は混乱しきっていた。殺人の衝動が性的な衝動と関係あるのかどうかは、わからない。しかし、充希の苦しみは、自分のことのように理解できる。理解できるというその事実が、ますます混乱を激しくしていく。

「幸せにするって約束しただろ？　充希は俺のプロポーズを受けただろ？」

そうとでも言うしかなかった。他に言葉が見つからなかった。

充希は涙を流しながら、うん、うん、とうなずいている。

「わたし、高柳さんのこと、大好きです」

「俺もだよ」

「似た者同士ですから」

充希が両手の下から顔を出した。見つめられた瞬間、高柳は寒気を覚えた。眼つきがいつもと違った。眼の焦点が合っていないというか、こちらを見ているのに見ていないような感じだった。しかし、寒気の原因は、ただそれだけではなかった。

似た者同士？

ふたりとも父親が人殺しという共通項があれば、たしかにそうだろう。罪を犯したのは親なのに、罪のない子供までが地獄に堕《お》とされた。高柳は人生をいびつにねじ曲げられ、充希はひどい嫌がらせを受けて商売もままならない。

だが……。

充希の告白によれば、充希の父親は無実なのだ。充希をかばって自首したのだから、人殺しでもなんでもない。そうであるなら、なにが似ているのか。どこが似た者同士なのか？　まさか……。

「わたし、知ってますよ」

顔をくしゃくしゃにして泣いている充希の顔が、一瞬、笑ったように見えた。

「人殺しをしたことがある人って、普通の人と眼の色が違うんです。黒じゃなくて、茶色でもなくて、鉛《なまり》色なの」

眼をのぞきこまれ、高柳は思わず顔をそむけた。自分の眼の色なんて、気にしたことがなかった。人を殺すと鉛色になるという話だって、聞いたことがない。

いや、そんなことより……。

充希が高柳のことを、人殺しだと思っていることのほうが衝撃的だった。なぜそれを知っているかということよりも、知っていて結ばれた事実のほうが大問題だった。充希は殺人者の愛を受け入れた。そうと確信していながら愛しあった。なぜだ？

「高柳さん、わたしのこと幸せにしてくれるんですよね？」

「……ああ」

うなずいたものの、高柳は充希の顔を見ることができなかった。口の中に溜まった生ぬるい唾《つば》を、ゆっくりと呑みこんだ。体中が震えだすのを、どうすることもできない。

「じゃあ……殺してください」

ハッと充希の顔を見た瞬間、高柳は叫び声をあげそうになった。抱いていた肩から、反射的に手を離した。車内は暗かったがすぐ側にパーキングの外灯があり、充希の眼の色を確認できたからだ。

鉛色だった。

「そんなこと……できるわけないじゃないか……」

情けないほど上ずった声で、高柳は言った。

「できますよ」

充希は静かに、けれどもきっぱりと答えた。

「高柳さん、人を殺したことがあるでしょう?」

「……なぜそう思う?」

「否定しないってことは、そうなんでしょう?　わたしには、最初に眼の色を見たときからわかってました」

高柳は言葉を返すことができなかった。否定するべきなのに、否定できない。愛する女に嘘をつきたくないとか、そういうことではなかった。もっと強い力が、嘘をつくことを拒《こば》んでいた。人殺しであることを肯定しようとする、もうひとりの自分がいた。

「わたし……」

充希が静かに言葉を継ぐ。

「どうしても自分じゃ自分を殺せないんです……可奈ちゃんを殺しちゃったとき、血のついたカッターナイフで自分の喉も切ろうとしたんです。どうしてもできなかった……カッターナイフを持ったままぶるぶる震えてるばっかりで、現実から眼を逸《そ》らそうと廊下に出たところで、たまたまお父さんが通りがかった。血まみれの部屋を見て呆然としてました。わたしは泣きながらお父さんにお願いしました。殺してほしいって……このカッターで首を切ってって……でも、お父さんはそんなことできる人じゃないから……」

充希はゆっくりと息を吐きだした。

「わたしを殺すかわりに、わたしの罪を背負って自首してくれたんです。その場にお母さんはいなかったから、お母さんにも内緒にして……『おまえがいい子になるためなら、お父さんはなんでもできるから』って……『いい子になってくれ』って……取り調べで父は、警察の人に罪を厳しく糾弾《きゅうだん》されたんでしょうね。自殺したのは、良心の呵責《かしゃく》に耐えられなくなったからだと思います。とってもやさしい人だったから……父が死んだって聞いたとき、もうダメだと思いました。自分はもう生きてちゃいけないって……父が自首したときから母は放心状態で、自殺したって聞いたらショックで口もきけなくなって、いまはもう、生きているのか死んでいるのかもわからない状態……全部わたしが悪いんです……悪いんですけど、どうしても……どうしても自分じゃ自分を殺せない……」

「落ちつけよ……」

高柳はもう一度充希の肩を抱こうとしたが、強い力で払われた。

「わたしは落ちついてますっ！　わたしを愛してるなら殺してください。幸せにするっていうなら息の根をとめてください。警察なんて行きたくないです。わたしは病気で、自然の失敗作です。衝動的に人を殺してしまう、この世にいちゃいけない存在なんです。でもだからって、人の心がまったくないわけじゃない。そういうところまで、法律とか正義で踏みにじられたくない。高柳さんなら、わかってくれるでしょう？　似た者同士なんだから、わかってくれますよね？」

充希は高柳の腕をつかみ、強く揺さぶってきた。高柳は充希の顔を見ることができなかった。眼は開けていたが、自分の心の深淵《しんえん》だけをじっとのぞきこんでいた。

4

高柳が穴井を殺したのは、衝動ではなかった。

練りに練った計画的犯行だ。

すべてが計画通りにいったわけではない。

表面的に見れば、うまくいきすぎるほどうまくいったと言えるだろう。どんな成功にも幅があり、百点満点で九十点以上なら文句なし、八十点なら及第点、七十点でもまずまずと考えていいかもしれない。

高柳と斉門が手にした成功は、おそらく満点を超えていた。穴井はこの世からいなくなり、死体は暗い海の底。想定通り警察は動かず、穴井の不在を心配する声もあがらず、暴君のいなくなった〈エバーグリーン〉は快進撃。ケツもちのやくざに疑いの眼を向けられることもなければ、それどころか斉門はうまくとりいって、若頭と親しげに酒を酌《く》み交《か》わす仲になっている。

しかし、すべてがうまくいきすぎたことで、斉門は変わってしまった。気がつけば金の亡者《もうじゃ》になっていた。それが計画通りにいかなかったひとつ目だ。

そしてもうひとつ。

高柳にも変化があった。

充希と出会い、愛しあうようになる前の話だ。

殺人に魅せられた。人殺しとはかくも人を興奮させ、熱狂させるものだということを、体験的に知ってしまった。

穴井の両手両脚を切断し、最後に首をかっ切って息の根をとめたとき、これが父の見ていた光景か、と思った。

父が組長を斬殺した理由はわからない。しかし、斬殺の恍惚は感じとれた。組長に日本刀で斬りかかった瞬間、父も支配欲を覚えていたはずだ。相手の命をこの手に握っているという、圧倒的な支配の実感に身震いがとまらなかったに違いない。

それを味わってしまえば、政治家の権力さえ色褪せて見える。財界人でも高級官僚でもいいが、その手の権力なんて抽象的すぎる。人を支配することに絶大な快楽が孕《はら》まれ、それを実感したいのなら、人を殺せばいいだけだ。呑気に街頭演説などしていないで、みずからの手で肉と骨を切り刻んでみればいい。

金の亡者が霊験《れいげん》あらたかな御札キーホルダーの製造販売を真剣に検討していたように、殺人に魅せられた高柳は次の殺人を夢想し、それを実行した。充希の言い方を借りれば、衝動をこらえきれなくなった。

穴井を始末してから、三カ月後のことだ。

ひとりで計画し、ひとりでやった。

たいていの飲み屋や風俗店がクローズになった深夜三時過ぎ、そんな時間でもまだ満たされない欲望を抱えて有楽街をふらついていた酔っ払いに声をかけた。サラリーマンふうの、四十代と思しき男だった。

「闇で遊べるところありますよ」

閉店後のキャバクラで、キャバクラ嬢を抱ける。本番ありで二万円。

「なにしろこのご時世でしょ。キャストの中には生活が苦しい子もいるんで、人助けだと思って遊んでやってくれませんか?」

店名を耳打ちすると、酔っ払いの眼は輝いた。五反田を遊びの根城《ねじろ》にしている男で〈エバーグリーン〉を知らない者はいない。人気店で働いている本物のキャストと店内でセックスしてたったの二万円なら、断るほうが難しい。普通に二時間ほど飲み、うっかりドリンクを振る舞いすぎれば、それ以上の勘定になる店だ。

ほくほく顔の酔っ払いと、寝静まった雑居ビルの三階にエレベーターであがっていった。店に通した瞬間、顎《あご》に一発入れて失神させた。穴井のときとは別の方法を試してみたくて、ガムテープで手足の自由を奪った。口にはタオルで猿轡《さるぐつわ》をした。

ドゥ、ドゥ、ドゥ、ドゥ、ドゥ、ドゥ、ドドドゥ……ドゥ、ドゥ、ドゥ、ドゥ、ドゥ、ドゥ、ドドドゥ……。

トイレに運んでいき、顔に水をかけて眼を覚まさせた。膝《ひざ》立ちになるよう命じた。男の顔には恐怖が張りついていた。

鼻先には、鈍色《にびいろ》に光る手斧《おの》が突きつけられている。スウェーデン製のハスクバーナだ。穴井を切り刻んだやつは海に沈めてしまったので、新しいのを買い求めた。禍々《まがまが》しい迫力を出すために、刃にオイルを塗ってみたりした。

斧を持っている高柳は、黒いブリーフ一枚だ。それもまた、異様な光景だったろう。穴井のときに学んだのだ。血まみれになった服や靴は二度と使えないし、後始末も面倒だった。ならば、最初から脱いでおけばいい。トイレは水しか出ないが、殺人のあとは全身が火照《ほて》りきっているのでちょうどいい。

「動くと殺すぞ」

ブンッと斧で空気を切ると、男はガタガタと震えだした。顔を真っ赤にして、猿轡の下でわめき散らす。ほとんどパニック状態だ。夢のようなセックスができると思っていたら、惨劇の匂いのする悪夢が始まってしまったのだから当然だろう。

「恨みっていうのは買いたくないもんだよなあ。心あたりがあるだろう？　あんた、ずいぶんと恨みを買ってるみたいだよ」

思わせぶりなことを言っては、ブンッ、ブンッ、と空気を切る。男の心に恐怖を植えつける。

「まずは耳を削《そ》いでやろうか？　それとも鼻か？　この前殺したやつは、手足を切り落としてダルマにしたんだ。人間、それでもなかなか死なないもんだね。最後に首を胴体から切り離したよ。喉を切ったら、噴水みたいにぴゅーって血が噴いてね。あんたもそうなりたいか？　生きたままダルマになるか？」

男は顔を真っ赤にしてなにか叫んでいる。怒っているようだ。人違いだとでも言いたいのだろう。馬鹿が。生け贄《にえ》は誰でもいいのだから、人違いなどあり得ない。

斧の刃を水平にして構え、フルスイングで左腕に食いこませた。猿轡の下で悲鳴があがり、ネズミ色のスーツに血が滲む。今度は一撃で殺すつもりだったので、あまり体を傷つけたくなかった。ただ、脅しではないことをわからせる必要はある。

現実を受け入れろ……。

恐怖を受け入れろ……。

胸底で呪文のように唱《とな》えながら、斧で空気を切りまくる。ハスクバーナの木製グリップは、本当に握り心地が最高だ。子供のころも薪《まき》割りが楽しくてしようがなかったが、これから割るのは薪ではない。

酔っ払いは真っ赤に染まった顔をくしゃくしゃにして、涙を流している。失禁して黒い人工大理石の床を汚す。命乞いをしたいようだが、猿轡をはずすつもりはない。

どうせくだらないことしか言わないからだ。幼い子供がいるとか、金ならいくらでも払うなどと言われたら、せっかくの悪夢が台無しだ。子供がいようが金があろうが、いま自分を支配しているのは、目の前にいる男だと知れ。その絶対的な力に対し、問答無用でひれ伏せ。

言葉ではなく、全身全霊で命乞いをするのだ……。

もっと必死に命にしがみつくのだ……。

高柳が斧を振りあげると、酔っ払いは眼を見開いた。

スウェーデン人のクラフトマンシップに敬意を表しながら、脳天に斧を振りおろした。唐竹《からたけ》割りで頭蓋骨をまっぷたつだ。

灰色の脳漿《のうしょう》が飛び散り、眼球が飛びだした。うつ伏せに倒れそうになったので、胸を蹴飛ばしてあお向けに倒した。間抜けな姿に笑ってしまった。即死とはならず、ピクピクと震えていた。死痙攣《けいれん》というやつだろうか。しばらくの間、猿轡の下からうめき声ももれていた。

穴井のときほどではなかったが、大量の血が流れだしたので、ホースで水を流した。血が固まってしまうと掃除が面倒になるという教訓を、前回で得ていた。男が動かなくなり、うめき声もとまると、チェーンソーで両脚を切断した。音のことを考えて電動式だ。パワー不足が心配だったが、のこぎりでやるよりずっと楽だった。

死体はスーツケースに詰め、コンクリート漬けにした。自宅のベランダで数日間乾燥させてから、東京湾に捨てにいった。船長の名前や連絡先は知らなかったが、クルーザーを覚えていたので、マリーナに何日か通ってコンタクトをとった。

そんなことを、五回も繰り返した。

半年の間に五人、見知らぬ男をあの世に送った。

高柳こそ、正真正銘の病気であり、自然の失敗作だった。

充希と出会わなければ、もっと殺していたかもしれない。充希と出会ったことで、殺人よりずっと素晴らしい生きる実感をつかんだ気になっていた。それが夢まぼろしだとは思えなかった。充希と愛しあった三カ月は、いままで生きてきた三十年間よりずっと重かった。彼女を幸せにすることが、自分の幸せだと確信していた。

しかし、当の充希は……。

高柳の眼に、人殺しの色を見ていたらしい。


「ねえ、殺してっ！　お願いだから殺してくださいっ！」

充希が泣きじゃくりながら、腕を揺さぶってくる。涙を流しながらも、カッと眼を見開いている。鉛色の瞳を見せつけてくる。

左隣に停まったミニクーパーの持ち主が、怪訝《けげん》な顔でこちらをのぞきこみながら、クルマに乗りこんだ。どうだってよかった。さっさと出ていけ、と胸底で吐き捨てる。

「ねえ、殺してっ……殺してえええっ……」

充希が〈入江屋〉を再開したのは、世間に抗《あらが》うためではなく、自分に罰《ばつ》を与えたかったからかもしれない。街中の人から白眼視《はくがんし》され、卑劣《ひれつ》な嫌がらせの標的になることで、日々絶え間なく自分を痛めつけたかったのだ。

彼女は苦しんでいる。自分の衝動を、自分の中にいる怪物を、自分もろともこの世から消し去ってしまいたいと、本気で切望《せつぼう》している。その願いを、そして苦しみを慮《おもんぱか》れば、なるほど似た者同士かもしれなかった。殺人者を親にもったという以上の、途轍《とてつ》もなく哀《かな》しい赤い糸がふたりを結びつけている。

高柳にしても、たとえ生首を持って笑っていたとしても、正気に返れば苦しくてしようがなかった。穴井はともかく、無辜《むこ》の酔っ払いを殺《あや》めた罪悪感に夜も眠れず、毎晩毎晩、気絶するまで酒を飲むしかなかった。

それでも殺人がやめられなかったのは、他人を斧で切り刻んでいるときにしか生きている実感が味わえないからだ。人を殺しているときだけは、人殺しの息子という現実から逃れられ、他の誰かになれる。だが、それはすなわち、この世に居場所がどこにもないということだ。

充希がそうであったと告白したように、高柳も何度となく自殺を考えた。ホームセンターで首吊り用のロープまで買ってきたが、どうしても死にきれなかった。他人にはあれほどむごたらしい真似ができるのに、首を括《くく》ることさえできない自分がみじめでならなかった。もちろん、殺人を行なっているときは正気を失っていて、自殺を考えているときは正気だから自殺できないのだ。

「わかった。殺してやる」

高柳が言うと、充希は泣きじゃくるのをやめた。

「それで幸せになれるなら……それしか幸せになる道がないなら……俺には殺す義務がある……」

「本当に……殺してくれる?」

ひっ、ひっ、と嗚咽《おえつ》をもらしながら、すがるような眼を向けてくる。

「ああ」

高柳はうなずき、

「ただし、条件がふたつある」

パーキングを出ていくミニクーパーのテールランプを睨みながら言った。

「教えてください」

「殺すのは、今夜のゴタゴタにケリをつけてからだ。キャバクラの共同経営者……斉門というんだが、そいつは俺にとって唯一の仲間だった。斉門がもし裏切ったなら……人を使って襲撃させたとすれば、許すわけにはいかない……そいつを先にぶち殺す」

充希はまばたきも呼吸も忘れて聞いている。

「そんなに待たせるわけじゃない。今晩中にはケリをつける。待っていてくれるか?」

充希はうなずき、

「もうひとつは?」

すっかり泣きやんだ声で訊ねてきた。

高柳は息を吸い、吐きだした。口の中が異様に粘ついていた。沈黙に胸が押しつぶされそうなのは、充希に手を汚させる恐怖のせいなのか。あるいは、生存本能が抵抗しているのか。いずれにしろ、伝えないわけにはいかない。

「俺のことも殺してくれ」

嚙みしめるように言った。

「この世からいなくなったほうがいいのは、おまえだけじゃない」

鉛色の眼が泳ぐ。

「一緒に死のう……それなら本望《ほんもう》だ……できるか？」

答えない。

「できるはずだ。俺はおまえのことが好きだ。心から愛している。でもおまえは、俺が殺してくれると思ったから、好きなふりをしていただけだろう？」

「違いますっ！」

挑むように睨んできた。

「それは違います。全然違う……」

「どう違う？」

充希は泣き腫らした顔をこわばらせ、しきりに眼を動かした。胸で乱れる鼓動の音が、高柳にまで聞こえてきそうだった。

「……抱かれたいと思いました」

か細く震える声で言った。

「セックスしたいと思いました。そういう男の人は、高柳さんが初めてでした」

その答えは、高柳を満足させるものだった。こみあげてくる歓喜に全身の血が逆流しそうだった。試すようなことを言ってすまなかったと、心の中で深く詫《わ》びた。

「そういうのは、愛って言いませんか？　愛って呼ぶには、幼稚すぎますか？」

顔が近かった。充希の唇の間から、甘酸っぱい匂いがした。

キスがしたかった。抱きしめて、深く貫きたかった。頭を真っ白にして恍惚を分かちあえば、たとえ刹那《せつな》でも、ふたりでこの苦しさから逃れられるはずだった。

だが、その前に確認しなければならない。

「俺のことも殺してくれるな？」

そのときの情景が、脳裏にありありと浮かびあがってきた。充希が握りしめたカッターナイフが、自分の喉に食いこんでくるところが……。

切れば血が出るのが、人間の体だった。中でも喉は、いちばん盛大に血が噴きだす。凄《せい》惨《さん》な場面のはずなのに、充希に切られるところを想像すると、震えるほどの興奮がこみあげてきた。その場面はきっと、この世のものとは思えないほど美しく、まるで教会に飾られた宗教画のように荘厳に違いない。

充希が振りかざす銀色に輝くカッターナイフは、この体に流れているおぞましい人殺しの血を、きれいに浄化してくれるはずだ。体中の血を流して息絶えれば、きっと別のなにかに生まれ変われる。人でなくてもいい。道端の雑草でも、腹をすかした野良犬でも、とにかく自分ではないなにかに生まれ変わりたい。

「キスしてほしいです」

甘酸っぱい匂いが、鼻先で揺れた。

「答えてからだ」

高柳は首を横に振った。

「俺のことも殺してくれるな？」

視線と視線がぶつかった。思いつめたような充希の表情が、ふっとほどけた。笑ったように見えた。

「なにがおかしい？」

「なんとなく、そう言われるような気がしてたから……」

クスクスと笑いながら続ける。

「そう言われたらいいな、って思ってたから……」

充希はいつもの天真爛漫《てんしんらんまん》な笑顔を浮かべると、自分から唇を重ねてきた。高柳は受けとめた。むさぼるように唇を吸いあい、舌をからめあった。彼女と交わすキスはいつだって甘いけれど、そのときは甘いだけではなかった。糸を引く唾液によって、孤独な魂と魂が結びついている実感があった。

充希が本気で死を望むのなら、それを与えてやることはできるだろう。しかし、彼女のいなくなった世界で、たとえ一分一秒でも、呼吸をしているのは耐えがたい。

ならば一緒に死ぬべきだった。

いや、一緒に死なないほうがむしろおかしい。

罪を背負って、ふたりであの世に飛ぶ——すさまじい高揚感が、体中を熱くした。まるで紅蓮《ぐれん》の炎に魂を焼かれているような気分で、高柳は充希の舌を吸いつづけた。

5

時刻は午後十一時四十分だった。

〈エバーグリーン〉の営業時間は午前一時まで。高柳は、真央が帰宅するタイミングを見計らって、斉門の自宅マンション前に張りこむつもりだった。鍵を開けさせるために、真央の身柄を押さえるのだ。

だがその行動に出るには、まだ早い。もう少し先でいい。

高柳はアルファードをパーキングから出した。

「どこに行くんですか？」

充希が不満そうに唇を尖らせた。高柳は答えなかった。彼女としてはもう少しキスをしていたかったようだが、高柳はそれではおさまらなくなっていた。

円山町《まるやまちょう》のラブホテル街がすぐそこだった。山手通りを少し戻り、左に折れればいいだけだ。駐車場を完備しているところは少なそうだったので、途中で路上駐車した。違反切符を切られたところで関係ない。どうしても罰金を取りたければ、あの世まで取りにくればいい。

賑々《にぎにぎ》しく並んだラブホテルの看板が見えてくると、充希の顔色が変わった。彼女はこういう悪所に慣れていない。それに、車内でキスを交わしたとはいえ、まさかセックスまでするとは思っていなかったのだろう。

動揺を隠しきれない充希の手を握り、高柳はラブホテルに入った。高まる一方の鼓動が、やけにうるさく耳に届く。充希は気まずげな顔でうつむいている。かまわず部屋を決め、エレベーターに乗った。扉が閉まったあとの静寂は怖いくらいで、一階から五階に昇るほんの十数秒が異様に長く感じられた。もじもじしている充希を引きずるようにして部屋に入り、入った瞬間、抱きしめた。唇を重ね、舌を吸いたてた。先ほどよりずっと淫《みだ》らな、セックスの前戯となるキスで、翻弄《ほんろう》してやった。

ほの暗い間接照明の中でも、充希の双頬が生々しいピンク色に染まっていくのが、はっきりとわかった。準備は整ったようだった。

服を脱がすのももどかしく、黒い巻きスカートをめくりあげた。太腿《ふともも》の白さが、眼にしみた。ツバサが貸してくれたボクサーブリーフは色気の欠片《かけら》もなかったが、高柳は興奮に眼が眩《くら》みそうだった。ボクサーブリーフを乱暴にずりおろしてから、充希をベッドに押し倒した。両脚を大きくひろげると、アーモンドピンクの花が咲いた。黒い陰毛に縁《ふち》取られてなお、充希の花は清らかだった。

舌を這《は》わせると、充希は悲鳴にも似た声をあげた。普段の彼女の声はやや低めで、〈入江屋〉で「いらっしゃいませー」と客を迎えるときは綺麗なソプラノだ。あえぎ声はさらに一オクターブほど高く、まるで頭のてっぺんから声を出しているように聞こえる。

舌を這わせるほどに充希の声は甲高くなり、花は潤っていった。あふれた蜜が欲情の証左である強い匂いを放って、男の本能を揺さぶってくる。舌を差しこめば、肉ひだが複雑にざわめきながら舌にからみついてくる。

高柳は上着を脱ぎ、ズボンとブリーフも脚から抜いて、充希の横側から身を寄せていった。今度は指で花をいじった。ぬかるみで指を泳がせると、猫がミルクを舐《な》めるような音がたった。

「いやっ……」

羞《は》じらう唇にキスを与えた。舌をしゃぶりあいながら、指を入れた。処女を失ったばかりのころは、入れられるのを怖がっていた。だがいまは、みずから咥《くわ》えこむように腰を使い、うっとりしながら見つめてくる。中を掻き混ぜてやると、眉根《まゆね》を寄せ、小鼻を赤く染めた、途轍もなくいやらしい顔になる。

高柳もうっとりと見つめ返した。指を抜き差しし、尖《とが》ったクリトリスを撫で転がした。撫でれば撫でるほど熱い蜜がこんこんとあふれてきて、手のひらがあっという間にびしょ濡れになった。

「あああ……」

充希が焦点を失いそうな眼つきで見つめてくる。指を入れている高柳の手を、太腿でぎゅっと挟む。もうひとつになりたいと、紅潮しきった可愛い顔に書いてある。

高柳は上体を起こし、彼女の両脚の間に腰をすべりこませた。男根は痛いくらいに硬くなり、熱い脈動を刻んでいた。握りしめて、切っ先を濡れた花園にあてがった。充希が息をつめて見つめてくる。視線と視線がぶつかりあう。

「このままいくぞ……」

腹筋に力を込め、ささやいた。避妊具を着けていなかった。いままでそんなふうに充希を愛したことはない。それが覚悟の現れだと、充希は理解してくれたようだった。なにも言わず、高柳の言葉にしっかりうなずいた。

潤んだ肉穴をむりむりと貫いていくと、充希は白い喉を突きだしてのけぞった。高柳もまた、うめき声をあげた。スキンに包まれていない剝き身の男根を、女陰がぴったりと包みこんできた。充希の中は熱かった。煮えたぎっているようだった。

律動を送りこむと、充希は喉を見せたまま背中を弓なりに反《そ》り返していった。たったの二、三往復で、荒々しく息をはずませはじめた。

今度は服を着ていることがもどかしくなった。高柳はワイシャツを脱ぎ捨て、充希の着ている黒いシャツのボタンをはずした。前を割ってタンクトップをずりあげ、ふたつの胸のふくらみを露《あら》わにした。巻きスカートまで奪いとって生まれたままの姿にすると、上体を被《かぶ》せて素肌と素肌を密着させた。

充希が腕の中で身をよじる。しなやかな白い裸身を淫らなまでにくねらせて、快楽の海に溺《おぼ》れていく。

高柳は胸のふくらみを揉《も》みしだき、左右の乳首を代わるがわる口に含んだ。充希の乳首は綺麗なピンク色だが、舐めたり吸ったりしてやると、いやらしいくらいに尖っていく。体の動きもそうだ。処女のときのおどおどした様子が嘘のように、いまでは反応が激しい。生来、性感が豊かで、性欲も強いのだろう。まるで釣りあげられたばかりの魚のようにピチピチと跳ねる。大胆にも、下から腰を動かしてくる。

たった三カ月の付き合いだが、高柳は充希をこの腕の中で蛹《さなぎ》から蝶《ちよう》へと孵化《ふか》させた。

日々抱くごとに、彼女は女として開花していった。欲望の翼を逞《たくま》しくひろげて、女の悦《よろこ》びを謳歌《おうか》できるようになっていった。

そのことが、なによりも嬉しい。

なによりも誇らしい。

硬く勃起した男根を抜き差しすれば、ずちゅぐちゅと肉ずれ音がたち、充希はそれを羞じらいながらも、快楽をむさぼることをやめようとしない。性的な衝動と殺人の衝動が関係あるのかどうかわからないが、充希と出会い、体を重ねるようになってから、高柳はたしかに人を殺していなかった。

血まみれになった手で充希の清潔な素肌に触れたくなかったからというのもあるが、こうやって貫いているとき、彼女を支配している実感があるせいかもしれない。充希がいまこのとき以上に、無防備になることはない。普段は食べる口許を見られることさえ羞じらうのに、あられもない顔をさらしている。

高柳が送りこむリズムに合わせてあえいでいるその顔を、もし正気の充希に見せてやったら、ショックで寝込んでしまうに違いない。

だが、快楽に溺れているいまだけは、高柳にその顔をさらす。肉の悦びが、羞恥心を凌駕《りょうが》している。もっと深く悦びたいという欲望が、我に返ることを許してくれない。

悦ばせているのは高柳だった。

もちろんこちらも悦んでいるのだが、体の構造上、そして経験の深さによって、悦ばせているという思いのほうが強い。

「たっ、高柳さんっ……」

充希が腕をつかんできた。指先にぎゅっと力がこもった。薄眼を開け、必死になって首を振る。絶頂が迫っていることを告げてくる。

いつもなら——たとえば週末の長い夜をふたりきりでゆっくり楽しむためなら、ストロークのピッチを落としたかもしれない。彼女はまだ続けてイクことができないから、お互いの興奮がピークに達するまで絶頂を温存させ、焦らしたり、体位を変えたりしながら、なるべく長く愛しあっていられるように工夫しただろう。

だがいまは、高柳のほうも余裕を失っていた。充希をコントロールするどころか、自分をコントロールすることさえできなくなっていた。

初めて生身で味わう充希の女陰が、ただ一方的に支配していることを許してくれなかった。高柳もまた、支配されていた。充希に呑みこまれる、という甘美な恐怖に、身構えてしまいそうになる。

充希を支配したかった。

だが同時に、支配されたくもあった。

煮えたぎるような熱い肉ひだに包まれ、男根が火柱のように燃えている。真っ赤に焼けてドロリと溶けだしてしまいそうなのに、芯から硬くなって充希を貫きつづける。すさまじい一体感に、息もできない。

充希がしがみついてくる。絶頂を迎え撃つように身構える。高柳は素肌と素肌を限界まで密着させながら、突きあげつづけている。渾身のストロークで充希の両脚の間をメッタ刺しにし、女体が浮きあがるような勢いで連打を放つ。

充希が叫び声をあげた。

次の瞬間、その体は高柳の腕の中で反り返り、激しい痙攣を開始した。体中の肉という肉を、ぶるぶるっ、ぶるぶるっ、と震わせて、髪を振り乱しながら絶叫した。獣《けもの》じみた、野性的と言っていいその声が、高柳の欲望をも爆発させた。

雄叫《おたけ》びをあげて、男の精を放った。下半身が吹っ飛んだような衝撃があった。ドクンッ、ドクンッ、と射精するたびに、魂を吐きだしているようなすさまじい解放感があった。体の芯まで痺《しび》れさせる、気が遠くなるような快感が、次々と畳みかけるように襲いかかってきて、頭の中を真っ白にしていく。

充希が眼を見開き、なにかを叫んでいた。高柳も声をもらしながら充希の中に男の精を注ぎこむ。見つめあいながら恍惚を分かちあい、お互いがお互いの体にしがみついている。素肌と素肌、体の震えさえ重ねあわせて、最後の一滴を放ちおえた。

こわばっていた充希の体から力が抜け、糸の切れたマリオネットのようにぐったりした。高柳は大きく息を吐きだしながら眼をつぶった。瞼《まぶた》の裏に、熱い涙があふれてきた。

充希が好きだった。

彼女と愛しあうために、自分はこの世に生まれてきたと思った。

彼女がそうしてほしいなら、一緒に死ぬことになにひとつ不満はない。

だが同時に、本当にそれでいいのか、という思いもこみあげてくる。

会心の射精を遂《と》げたことで、こみあげてくる満足感、達成感、そして言い様のないほどの多幸感が心身を満たし、精神の針を理性のほうにゆっくりと傾けていく。

彼女を殺してしまっていいのだろうか……。

本当にいいのだろうか……。

第四章　キラー・エクスタシー

1

午前一時二十分。

アルファードのフロントガラス越しに、高柳はタクシーが向かってくるのを確認した。中目黒の代官山《だいかんやま》側にある高台。目黒川の方から、上り勾配《こうばい》をあがってくる。

タクシーが停まり、アディタスの黒いベンチコートにすっぽり身を包んだ女が降りてきた。真央だった。コートの下は、露出度の高い店用のコスチュームだろう。彼女はいつも、着替えずに帰宅する。自宅が近いからだろうが、ネトラレ願望のある恋人の嫉妬《しっと》心を煽《あお》り、熱く濃厚なひとときを過ごすためかもしれない。

音をたてないように注意しながらドアを開け、高柳は運転席から降りた。助手席からは充希が降りる。風が冷たくなってきたので、ツバサに借りたベージュのトレンチコートを羽織っている。

また一段、大人《おとな》っぽくなったような感じがした。しかし、振る舞いは逆に、子供じみている。高柳の背後にぴったりと寄り添い、上着の裾《すそ》を握りしめた。なにかを恐れているわけではなく、離れないという意思表示だ。

クルマの中で待っているように言ったのだが、充希は首を横に振った。まなじりを決した、厳しい表情で伝えてきた。

「約束を守ってもらえるまで、もう一秒だって離れません。トイレにもついていきます」

決意は固そうだったので、受け入れるしかなかった。

それに、充希はすでに傍観者ではなく、当事者のひとりになっている。事件の真相を知る権利が、あると言えばある。

ツバサの家にオモチャの拳銃を持った襲撃者などよこさなければ、充希が罪を犯すこともなかったのだ。それがいいことか悪いことかは別にして、暗黒の過去や、殺人への衝動に蓋《ふた》をしたまま、幸せな花嫁になる道もあったかもしれないのである。

カツ、カツ、カツ、カツ、と夜闇にハイヒールを響かせて、真央が近づいてきた。ベンチコートに身を包んだ姿が、外灯に照らされてシルエットで見える。

「よお」

高柳は身を隠していた街路樹の陰から出た。真央は立ちどまった。動揺している様子はない。落ち着き払っている。

「驚かないんだな？」

「斉門くんから連絡があったの。高柳さんが現れるかもしれないから、気をつけろって」

「へええ」

「まさか、そんなに可愛い女の子を連れてるとは思わなかったけど」

チラリと充希を見やる。

「気をつけているようには見えないが……」

高柳は眉《まゆ》をひそめた。タクシーからはひとりで降りてきたし、後続のクルマもない。

「ボディガードがどっかに隠れているのかい？」

真央は首を横に振った。

「送ってくれるって言われたけど、断った。マンションの入口までタクシーで行けるから大丈夫、って」

言動が一致していなかった。真央はマンションの入口の二十メートルも手前でタクシーから降りた。歩き方も、ずいぶんとのんびりしていた。酔って千鳥足、というわけでもなさそうなのに……。

「俺が現れるのを待っていたわけか？」

「そうね」

「なぜ？」

「斉門くんと話をしてほしいから」

「話？　こっちは二度も襲撃されてる」

「それも含めてじっくり話しあってください。斉門くんと高柳さんが反目《はんもく》しあってるのは、間違ってる」

真央は横顔に怒りを滲《にじ》ませて言うと、ハイヒールを鳴らして歩きだした。訳がわからないままに、高柳も続く。上着の裾をつかんでいる充希もついてくる。

マンションのエントランスを抜け、エレベーターに乗った。

斉門が住んでいるのは、最上階の十階だ。引っ越した直後、一度だけ招待された。ゆったりとした2LDKで、ベランダから目黒川を見下ろせる。春になれば桜並木が綺麗なんだと斉門はしきりに自慢していたが、桜は蓮《はす》ではない。あんな汚らしいドブ川の水で綺麗な桜が咲くわけないと、高柳は内心で苦笑していた。

十階に到着し、長い廊下を三人で歩いた。

真央が部屋の扉を開け、どうぞ、とジェスチャーでうながしてきた。

高柳は一瞬、ためらった。

中にいるのが斉門だけではない、という可能性があった。真央の態度が不可解《ふかかい》だった。

高柳と斉門が反目しあっているのを知りながら、あっさり部屋に通すのはやはりおかしい。

充希を見た。

「一緒に行きます」

上着の裾をぎゅっと握った。

「なにがあっても、離れない」

高柳はうなずいた。まさか自宅で発砲することもないだろうと、覚悟を決めて部屋に入っていく。靴を脱ぎ、短い廊下を前に進む。リビングに続く扉が閉まっていたので、ノブをつかんで開けた。

「なっ、なんだっ！」

ソファでくつろいでいた斉門は、ひどく大げさに驚いた。ソファから飛びあがりそうな勢いだったので、高柳は笑ってしまいそうになった。部屋着なのだろう、レインボーカラーのパジャマのような服にもじゃもじゃ頭の斉門は、まるでコメディアンだった。だがもちろん、笑ってやる義理はない。

懐《ふところ》からベレッタM92を抜き、銃口を向けた。

「ちょっ……まっ……待ってくれっ……待ってくれよっ……」

「待ってどうする？」

胆力《たんりょく》を込めて睨《にら》みつけた。

「電話じゃずいぶん強気だったが、結局こうなったな。俺をマトにかけたことを後悔しながら、地獄に堕《お》ちやがれ」

斉門が頭を抱えて悲鳴をあげたのと、真央が銃口の前に立ちふさがったのが、ほぼ同時だった。

「わたしは話をするために、ここに通したんですけど」

真央はベンチコートを脱いで、黒いドレス姿になっていた。露《あら》わになった真っ白いデコルテが匂いたつようにセクシーだ。

「おいおい……」

高柳は鼻で笑った。

「ちょっと前まで服屋の店長だったくせに、ずいぶん胆《きも》が据わってるんだな。そんなに斉門を愛してるのかい？」

真央は答えない。だが、唇《くちびる》を引き結び、挑むように見つめてくるその表情からは、悲《ひ》愴《そう》な覚悟が伝わってくる。

「ハッ、こんなもんでもあんがい脅《おど》せるもんだ」

ベレッタM92を投げてやると、斉門は再び悲鳴をあげた。

「モデルガンだよ、モデルガン。だがよう、そんなオモチャでも持ってるやつが殺気立ってりゃ、事故が起こる。まったくなに考えてやがる。おかげでツバサの家に来たふたりは、もうこの世にいない」

斉門の顔が険《けわ》しくなった。真央の顔からも、みるみる血の気が引いていった。

真央が出してくれたコーヒーは、自宅で淹《い》れたにもかかわらず味も香りも上等だった。斉門がコーヒーにうるさいからだろう。どこのコーヒーチェーンがうまいか、昔はよく蘊蓄《うんちく》を聞かされたものだ。

「その子があれか……例の焼きたてのパン……」

斉門が充希を見て溜息まじりに言った。モデルガンで取り乱したせいだろう、すっかり毒気が抜かれてしまったようだった。

「ああ」

高柳はうなずいた。

L字形のソファで、高柳と斉門は相対していた。高柳の後ろには充希がいる。背中に寄り添い、上着の裾を握りしめている。

真央は少し離れた壁に寄りかかり、立ったまま動向をうかがっていた。

「まさかそういうタイプだったとはな……意外だぜ……いや、おまえはツバサともすげえ仲いいしな。もしかしてロリコン……」

「いいからさっさと事情を説明しろ！」

高柳が怒鳴りつけると、

「わかったよ……」

斉門は情けなく身をすくめ、憔悴《しょうすい》しきった表情で話を始めた。

「俺たちはやくざをナメてた……つまりはそういうことさ。なにもかもうまくいっているように思えたが、そんなことはなかったんだ。根本組は俺たちに好意的に接してきたけど、あんなものは全部嘘《うそ》だ。連中は最初からわかってたんだ。俺たちが穴井を消して店を乗っ取ったって……わかっていて、一年間泳がされてた。俺たちの才覚を見極めるためにな。おそらく、〈エバーグリーン〉がいまほど繁盛《はんじょう》してなくて、赤字続きだったら……俺たちは早々にツメられて、飛ぶしかなかったはずだ。でも、店は穴井が仕切っていたときよりはるかに儲《もう》かるようになったし、五反田界隈《かいわい》では指折りの人気店になった。となると、その才覚ごと自分たちのものにして、甘い汁を吸おうって考えるのがやくざなのさ。もうわかってると思うが、唐須は根本組の息がかかってる。盃《さかずき》は受けていないらしいが、根本組の仕切ってるキャバクラやスナックをことごとく黒字にしてきた水商売のプロだ。〈エバーグリーン〉は唐須にまかせて、俺らにはまた新しい食い扶持《ぶち》を探させるっていうのが根本組のシナリオだよ。繁盛してる店をとりあげて、また一から汗かいて頑張れってわけだ……」

斉門がある日突然、金の亡者《もうじゃ》になった理由がようやくわかった。根本組が手のひらを返したのだ。穴井の件で脅しを入れ、自分たちの息のかかった唐須を送りこんできた。高柳には知られないようにして、まずは斉門から牙城《がじょう》に取りこんだ。

「なんでそんなに簡単に言いなりになったんだ？」

「しかたねえじゃねえか、穴井の件をつかまれているんだから……」

「おいおい……」

高柳は苦笑した。

「斉門先生ともあろうお人が、なにを言いだすんだ？　殺したって証拠もねえのに、関係ねえじゃねえか」

「やくざに証拠なんて必要ねえんだよ」

斉門は弱々しく首を振った。

「まあ、俺も酒飲んで調子に乗って、いろいろとしゃべっちまったんだ。穴井の件の一部始終《しじゅう》を……そうしたら、やつらは〈エバーグリーン〉の乗っ取りだけじゃなく、おまえっていう暴力装置にも眼をつけた。やつらは穴井のことをよく知ってた。北関東の組を破門になったのも、暴れん坊で手がつけられなかったからなんだとよ。そんな輩《やから》をたったひとりで始末したなんて、たいした野郎だって話になって……」

「殺し屋に仕立てあげようとしたわけか？」

「……そうだ」

「ところが、俺が仕事を抜けるって言いだしたんで、大あわてで襲撃か？」

「ちょっと脅しを入れたあと、俺が根本組とおまえの間に入る形で収めれば、仕事はしてもらえるだろうと……」

「殺し屋をか？」

「……ああ」

うなずいた斉門のもじゃもじゃ頭を、高柳は立ちあがってパーンと叩《はた》いた。

「呆《あき》れてものも言えねえぜ。なんでそんな話になる？　テメエは馬鹿なのか？　やくざに食いつかれたら食いつかれたで、他にやりようはなかったのかよ？　だいたい、脅された時点でなぜ俺に相談しなかった？　請負殺人なんてやっちまったら、それこそ弱みを握られて、骨までしゃぶられるに決まってるじゃねえか」

パーン、パーン、と後頭部を叩く音が、リビングに虚《むな》しく響く。

「飛べばよかっただろうが、飛べば。まさかテメエ調子こいて、僕があいつに殺しをやらせますなんて大見得《おおみえ》切ったんじゃねえだろうな？　ええ？」

「もう全部白状しちゃいなよっ！」

真央が叫んだ。絹を切り裂くような悲痛な声だった。

「そんな説明じゃ、高柳さんだって納得できるわけないよ。違うでしょ、斉門くん。お酒飲んで調子に乗って、こんなことになったわけじゃないでしょ？」

真央は顔を真っ赤にして、いまにも泣きだしそうだった。クールな彼女がこれほど感情を剝《む》きだしにしているところを、高柳は初めて見た。

2

斉門はうなだれたまま、言葉を発しなかった。

重苦しい沈黙が、長く続いた。高柳はソファに座り直した。判断が難しかった。斉門はまだなにか隠し事をしているようだが、それを問いつめるべきなのか。あるいは気持ちを整えさせるため、もう少し待ってやるべきか。

「わかった……」

真央の声が沈黙を破った。

「斉門くんが言いにくいなら、わたしが言う」

斉門はハッと顔をあげて真央を見たが、その口からはやはり、言葉は出てこなかった。

「わたしがレイプされたからよね？」

真央は怒りに眼を吊りあげ、吠えるように言った。

「やくざがいっぱいいる前で裸にされて、唐須に犯されたからよね？　斉門くんも見せつけられたのよね？　なにもかも全部白状しないと、わたしをもっとひどい目に遭わせるって脅されたんだよね？　そうでしょっ！」

真央の頬《ほお》に涙が伝った。

「レイプのことを言いたくないから、高柳さんにも相談できなかったのよね？　わたしも犯されながら泣いてたけど、斉門くんも真っ赤な顔で泣きじゃくってたよね？　本当にごめんって手をついて謝ってくれたよね？　わたし……レイプはすごく怖かったし、いまでも思いだすと震えるけど、泣きじゃくってる斉門くんを見て、ちょっと嬉しかった。ごめんって謝ってくれたのも口先だけじゃなくて、その後はわたしがそんなことされないように全力で守ってくれたよね？　でも……やっぱり……間違ってる。人殺しとかそういうの、高柳さんに押しつけるのは……絶対に間違ってる……」

真央は滂沱《ぼうだ》の涙を流していた。高柳は見ていられなくなって眼をそむけた。充希と眼が合った。瞳に涙を浮かべていた。

充希は事件のあらましをよくわかっていない。斉門や真央のキャラクターだって理解していない。それでも同性として、真央の告白は胸に迫るものがあったのだろう。

高柳にしても、やくざのやり口に反吐《へど》が出そうだった。八つ裂きにしても足りないと思った。だがその一方で、腹の底から笑いがこみあげてくる。こらえれずに高柳が笑いだしたのを見て、充希が唖然《あぜん》とした顔で睨みつけてきた。信じられない、という心の声が聞こえてきそうだった。

「違うんだ……そうじゃないんだ……レイプを笑ったわけじゃない……」

高柳はなだめるように、充希の肩を叩いた。

「おい、斉門。テメエ、言ってることとやってることがずいぶん違うじゃねえかよ。愛とか幸せなんてくだらねえとか抜かしてたのはどこのどいつだ？　俺か真央かどっちか選べって言われたら、迷わず俺を選ぶなんてしゃあしゃあと言ってなかったか？　忘れたとは言わさねえぞ。きっちり真央を選んでるじゃねえか」

だいたい、ネトラレ願望はどうなったのだろう？　真央に露出度の高い服を着せて客のセクハラを誘発していたくせに、レイプまでされると真っ赤な顔で泣きじゃくるのか。

「……すまない」

斉門はうつむいたまま言った。膝《ひざ》を握った拳が小刻みに震えている。

「……返す言葉も、ない」

「すまなくねえよ。それでいいんだよ」

高柳は斉門の隣に座り直し、肩を抱いで揺すった。

「それでいい。おまえは間違ってない。実はずーっとおまえのこと、女にだらしねえヤリチン野郎だって軽蔑してたんだが、考えを改める」

斉門は泣き笑いのような顔で言った。

「だっておまえよう、目の前で犯されたんだぞ……俺だってそりゃあ、最初はシカト決めこんでたさ。やくざが証拠もなしになに言ってやがるって……だがそのせいで真央を……あんな目に遭わしちまって……唐須はレイプに慣れてる。ありゃあ、水商売のプロってだけじゃなく、レイプもプロだ。きっとああいうやり方で、いままでキャバ嬢なり、聞き分けのない男なりを支配してきたんだ。やり方が執拗《しつよう》で徹底していた……」

真央が壁際で唇を噛《か》みしめている。嫌なことを思いだしたのだろう。

「レイプってのは本当にひどいもんなんだ。魂《たましい》の殺人なんて言い方があるらしいが、なるほどその通りだ……真央だけじゃなく、俺の魂もきっちり潰された……それで……残りの人生は、真央に償《つぐな》うことだけに使おうって決めたんだ。そのためなら……」

「もういいよ」

高柳は肩を叩いて遮《さえぎ》った。真央に償うためなら仲間も裏切る――斉門はたしかに、魂を潰されてしまったらしい。うなだれている横顔を見て、深い溜息がもれた。潰したほうが悪いに決まっているが、潰された人間も使いものにならない。非情なようだが、斉門はもうダメだ。一緒に危ない橋は渡れない。

「話を整理しよう」

高柳は声音《こわね》を改めて言った。

「レイプの主犯は唐須で、今夜の襲撃の指揮をしたのも唐須なんだな?」

「……ああ」

斉門はうなずいた。

「根本組としては、穴井を始末したことを知ってるおまえを泳がせておけないし、殺し屋にしちまえば一石二鳥って考えたんだろう」

根本組も呑気《のんき》な連中だ――高柳は胸底で吐き捨てた。

唐須はレイプのプロかもしれないが、暴力沙汰《ざた》には慣れていない。実際、今夜は二度も襲撃に失敗している。襲撃者も根本組の組員ではなく、どこかの盛り場で掻《か》き集めたチンピラなのだろう。つけこむ隙があるとすれば、そのあたりかもしれない。

「よし、唐須に電話しろ」

「はっ？」

斉門が顔をあげた。眼の縁が赤くなっていた。

「電話して、どうする？」

「俺を捕まえたって言えばいい。ガラを押さえようとしてたんだろ？　俺と充希の……で、充希を真央と同じ目に遭わせて、俺をテメエみたいな腑抜《ふぬ》けに仕立てあげようって絵図だったんだろ？」

斉門はうなずかなかったが、否定もしなかった。

「唐須に言え、俺のガラを押さえたって。これから店に連れていくって」

「……もう夜中の二時過ぎてるぜ」

「絶対にまだ店にいる。じゃなきゃ根本組の事務所だ。ツバサの家に送った連中が戻ってこないし、連絡もないんだ。のんびり酒飲んだり、寝床に入ってるわけがねえ」

「行ってどうする？　暴れるのか？」

「ハッ……」

　高柳は笑った。

「それ以外、なにがある？」

「やめて……」

　真央が崩れ落ちるように膝を床についた。

「こっ、殺されちゃうよ……そんなことしたら……」

「心配すんな。斉門は連れていかない」

　斉門が不思議そうな顔を向けてくる。

「俺ひとりで行く。斉門、おまえは愛に生きろ。店のアルファード置いてってやるから、いまからソッコーでガラかわせ。真央を連れて、北でも南でも行けばいい」

「……本気なのか？」

「どっかで温泉でも浸《つ》かりながら、朗報を待ってな。唐須みたいなおっさん、ふたりがかりでやったら恥ずかしいぜ」

視線と視線がぶつかった。似たような台詞《せりふ》を、穴井を消す前にも交《か》わしたことを思いだした。あのときはうまくいったが、今度はどうだろう？　さすがに次はオモチャの拳銃ではすまないはずだ。

「でもおまえ、ひとりで行くって……」

斉門の視線が背後に向かう。

「焼きたてのパンは……どうする？」

高柳の背中には、充希がぴったりと寄り添っていた。上着の裾も、しっかりと握りしめている。熱でもあるように顔を赤くし、ふうふうと息が荒い。

3

タクシーで五反田まで移動した。

深夜二時過ぎの駅前はすっかり静まり返っていて、仕事を終えた水商売関係者が足早に家路を急いでいるくらいだった。有楽街で姿を消した酔っ払いの話が都市伝説になっているわけでもないだろうが、その手の人間はほとんど見当たらなかった。

タクシーの後部座席で、高柳と充希はお互いひと言も口をきかなかった。タクシーを降りると、充希はしっかりと高柳の上着の裾を握りしめた。

ドゥ、ドゥ、ドゥ、ドゥ、ドゥ、ドゥ、ドドドゥ……ドゥ、ドゥ、ドゥ、ドゥ、ドゥ、ドゥ、ドドドゥ……。

口ずさんだのは高柳ではなく、充希だった。

「どうしてその曲を知ってる?」

高柳は驚いて訊《たず》ねた。

「えっ? 高柳さんが、いつも口ずさんでるやつじゃないですか」

衝撃を覚えた。充希の前で口ずさんだ記憶はない。つまり、無意識に口ずさんでいたということか。

「軽快でいい感じですよね。なんていう曲なんです?」

高柳は答えず、別のことを訊ねた。

「本当についてくるのか?」

「約束を守ってもらうまで一緒です」

「ふたり揃って殺される確率が、すげえ高いんだが」

高柳が苦笑すると、

「それならそれでいいです。天国で会いましょう」

充希も笑った。眼が異様に輝いていた。ギランギランだった。いったい、なにをそんなに興奮しているのだろう?

死をもって罪を償うことが、彼女の願いだった。もうすぐ殺されることに、興奮しているのだろうか。

あるいは……殺すことに？

ドゥ、ドゥ、ドゥ、ドゥ、ドゥ、ドゥ、ドドドゥ……ドゥ、ドゥ、ドゥ、ドゥ、ドゥ、ドゥ、ドドドゥ……。

充希が口ずさんでいるのは、トーキングヘッズの『サイコキラー』だ。高柳はとりたてて洋楽に詳しいわけではない。トーキングヘッズについてもよく知らない。父が逮捕されたあと、殺人についてネットで調べているとき、その異様なタイトルの曲に巡り会った。聴いてみると、べつにおどろおどろしいわけでもなく、むしろ単調な曲だった。ただ一度聴くと忘れられない不思議な中毒性があり、口ずさんでいると妙に落ちつく。とはいえ、充希にタイトルを伝える気にはなれない。

人影の絶えた有楽街に入り、〈エバーグリーン〉に向かった。

「わたし、猫が嫌いじゃないんですよ……」

横顔を向けて歩きながら、充希が言った。

「子供のころの落書きは猫ばっかりだったし、いまでも動画サイトでよく見ます。でも、現実の猫はやっぱり怖い。また殺しちゃったらって思うと……」

「なにが言いたい？」

「猫を殺すと、我に返ったときの罪悪感がすごいんです。でも、レイプするような人は、殺してしまってもいいですよね？　わたし、セックスが大好きなんです。高柳さんに抱かれるのが大好き。レイプはセックスに対する冒瀆《ぼうとく》だと思います。そういう人は、首を切り落としてもいいですよね？」

「……そうかもしれんな」

本当にこれでいいのかどうか、高柳はまだ迷っていた。唐須をぶち殺さなくては、死んでも死にきれない。だが、こんな薄汚れた盛り場のいざこざに充希を付き合わせていいのだろうか。自分はこのまま行く道を行くにしろ、充希は病気を治療することで生きのびる道はないのか。

〈エバーグリーン〉の入った雑居ビルに足を踏み入れた。一階の店はすでにすべてシャッターが閉まっていた。階上も似たような状況だろう。閉店後の店内でふんぞり返っているのは、レイプの段取りを相談している鬼畜どもだけだ。

エレベーター前で立ちどまった。ボタンを押す前に、もう一度、充希に確認した。

「本当にいいんだな？　俺が先に殺されて、おまえは生け捕り。真央と同じ目に遭わされる可能性もあるんだぜ」

「ないです」

充希は言下《げんか》に否定した。

「そのときは、舌を噛んで死にますから。そこまで追いつめられれば、できると思います。わたしの体は一生、高柳さんにしか触らせません」

もはや念を押す言葉もなく、高柳は腹を括《くく》るしかなかった。

どうせ朝までには消える命。悪党どもにひと泡吹かせることにためらいはない。こちらは死んでもともとなのだ。いっそ『ボニー&クライド』のように、充希とふたりで弾丸の雨にさらされ、息絶えていくのを夢見ようか。

エレベーターに乗った。三階のボタンを押し、扉が閉まると、引き寄せられるように、ふたりは抱きしめあった。むさぼるようなキスをして、体に触れあった。

高柳の手に硬いものがあたった。トレンチコートのポケットに入っているカッターナイフだ。充希が斉門の家にあったものを拝借してきた。護身用としても、あまり頼りになりそうになかったが。

高柳に至っては丸腰だった。相手が本物の拳銃を持っているかもしれない場合、モデルガンで脅かすのはかえって危険だ。相手に引き金を引く理由を与えてしまう。

これでは完全に殺されにいくようなものだったが、充希のキスからは覚悟しか伝わってこなかった。彼女に後れをとるような真似だけは、絶対にできない。似た者同士、死ぬときは一緒だ。

エレベーターの扉が開くと、競うようにして飛びだした。短い廊下を抜け、〈エバーグリーン〉の扉を開けた。営業中と違い、蛍光灯がついていた。明るいと、ずいぶん広く見える。ボックス席に男が三人座っていた。真ん中に唐須、左右には黒い作業着。目出し帽は被《かぶ》っていなかったが、襲撃隊の生き残りだろう。

「おや、斉門くんはどうしました？」

唐須はとぼけた顔で笑っている。

「さあな。仲間を売るような馬鹿野郎は、いまごろ地獄で釜茹《かまゆ》でだろ」

高柳がずんずんと近づいていくと、左側の男——高柳の正面にいる男が、懐《ふところ》から拳銃を出した。トカレフだった。今度はオモチャではないらしいが、この状況で引き金を引くには根性がいる。こちらは丸腰だし、発砲すれば警察沙汰《ざた》。高柳は歩く速度を落とさなかった。男の顔に焦燥《しょうそう》が浮かぶ。根性なしだ。

高柳は拳銃を持った手をつかみ、肘《ひじ》関節を極《き》めた。脱臼させる勢いで締めあげた。警察を恐れた根性なしは最後まで発砲できず、うめき声をもらして拳銃を落とした。

高柳はその男を膝蹴りで倒し、顔面を踏みつけると、拳銃を拾《ひろ》って唐須に向けた。唐須は両手をあげた。争う気はない、と言いたいらしいが、その仕草《しぐさ》もまた、人を小馬鹿にしたようなものだったので、高柳は激しく苛立《いらだ》った。

もうひとりの黒い作業着は、金属バットを両手で握りしめていた。またバットかよ、と頭が痛くなったが、充希の姿が消えていたので、顔から血の気が引いていった。

どこに行った……。

動揺しつつ店内を見渡し、もう一度唐須に眼を向けると、右手に拳銃を持っていた。ためらうことなく撃ってきた。ドンッ、と銃声が鳴るより一瞬早く、高柳はソファに身を投げだした。あたってはいない。それより充希は……。

悲鳴があがった。

充希ではなく、男の悲鳴だった。それも、無残《むざん》にひしゃげて、ひゅーひゅーという空気音が続く。

バットを持っている男だった。後ろから、充希に喉《のど》をかっ切られていた。信じられなかった。充希は高柳が立ちまわっている隙をついて身を隠し、男を背後から襲ったのだ。そして唐須がそちらに銃口を向けたときにはもう、ソファの陰に隠れて姿が見えなくなっていた。充希に切られた男だけが、喉から噴水のように血を噴きながら両手をあげてよろよろと歩き、やがて倒れた。

「どこ見てやがる」

高柳は唐須に銃口を向けた。向こうが先に撃ってきた。銃声に続き、ガラスの割れる音が店内に響く。窓ガラスではなく酒のボトルだったが、このまま銃撃戦になってパトカーのサイレンが聞こえてくるという展開はうまくない。

「仲間は来ねえのかよ、唐須さん」

ソファに身を隠したまま高柳は言った。

「俺をツメるのにボンクラ三人組とは、ナメられたもんだな」

ドンッ、と撃ってくる。標的も見えないのに引き金を引くなんて怯《おび》えている証拠だったが、出ていく気にはなれない。なりふり構わずめちゃくちゃに撃ちまくられれば、さすがに被弾するだろう。

死ぬのは本望だが、相手を追いつめたことで欲が出てきた。こんな連中と心中では、あまりにも淋しすぎる人生の幕引きだ。中学時代、二十人対十人で喧嘩《けんか》したときのほうが、よほど大量に脳内麻薬が出ていた。

唐須を生け捕りにして根本組の上の人間を引っぱりだそうと決めた瞬間、悲鳴が聞こえた。唐須の声だった。

高柳はソファに身を隠しながら、気配のあるほうに移動した。充希が立っていた。拳銃を持ち、銃口を唐須の頭に向けている。唐須はその足元にひざまずき、カッターナイフの刺さった右手を押さえてうめいている。

まったく……。

高柳は背中に戦慄《せんりつ》が這《は》いあがっていくのを、どうすることもできなかった。

もしかすると、充希は人殺しの天才なのかもしれない。病気ではなく、過剰なのだ。殺しの技術と、それを醸成《じょうせい》した殺意が……。

十三匹の猫の話に、違和感を覚えておくべきだった。小学校三、四年生の女の子が猫を殺すのは、おそらくそれほど簡単なことではない。相手は飼い猫ではなく、野良猫なのである。殺意を見せれば、逃げる。

「よくやった」

高柳が苦笑まじりに言うと、

「全然死なないじゃないですか？」

充希はギランギランの眼で笑った。

「わたし、かすり傷ひとつ負ってませんよ」

たしかにそうだったが、両手は血で汚れていた。ベージュのコートの袖もだ。異様な眼つきと相俟《あいま》って、ひどく禍々《まがまが》しい存在と対峙《たいじ》している気分になる。

「こんなのは露払《つゆはら》いさ」

高柳は言った。

「メインイベントはまだ先だ。あわてるな」

「この人は、もう撃っちゃっていい？」

充希が引き金を引こうとすると、

「やめてくれーっ！」

と唐須は泣き叫んだ。

「脅しのつもりだったんだ。拳銃だって脅しで持ってただけなんだ。殺すことないじゃないか。私だって、昨日まで一緒に働いてた仲間でしょう?」

「ふざけんなっ!」

高柳は唐須の顔を蹴りあげた。銀縁メガネが顔面にめりこんだ。うめき声をあげて倒れた腹に、革靴の踵《かかと》を思いきり叩きこんでやる。一発、二発、三発……。

「テメエ、真央をレイプして斉門を脅したんだってな。ずいぶんなことしてくれるじゃねえか。償いはきっちりしてもらうぜ」

蹴るのをやめると、唐須の右手に刺さったカッターナイフを抜き、充希に渡した。

「ちょっと待ってろ。おかしな真似をしたら撃っていいぞ」

充希に言い置き、倉庫に向かった。シルバーメタルのスーツケースを引きずってきた。充希と知りあってから放置したままだったが、いつでも人が殺せるよう、買い置きの道具を隠してあった。キャンプの備品を装って、飯盒《はんごう》などと一緒に新品が。

手斧《ておの》を出した。ハスクバーナの木製グリップをしっかりと握りしめた。やはりこれがないと気分があがらない。

「よう、唐須」

鈍色《にびいろ》に光る斧の刃を、鼻先に突きつけた。

「これからおまえに制裁を加える。真央をレイプして、充希にも同じことをするつもりだったんだろう？　どんな残酷なことでもできそうだな。ええ？」

　ひしゃげた銀縁メガネをかけた顔に、脂汗《あぶらあせ》が光った。

「条件を……出してもらえませんか？」

「なんの条件だ？」

「手打ちの条件です」

「いますぐ根本組に電話して、若頭《わかがしら》の綿貫を呼べ」

「じょ、冗談はやめてくれ……」

　唐須は首を横に振った。

「いま何時だと思ってるんです？　こんな時間にカシラを呼びだせるわけがない」

「でもおまえ、助けを呼ばないと一分ごとに指が落ちていくぜ」

　血のしたたった右手をつかみ、テーブルに押しつける。

「指伸ばせ」

「やっ、やめろっ！　やめてくれえぇーっ！」

　唐須は泣き叫び、右手を握りしめた。それでは指を落とせない。しかたなく、手首に向かって斧の刃を振り落とす。一発で飛ばしてやるつもりだったが、無理だった。ガンガン、ガンガン、と斧を叩きつけている自分が、カッターナイフを使う天才キラーに比べてひどく鈍《どん》くさく思えたが、なんとか手首を切り落とした。

右手が失くなった唐須は、ぎゃあぎゃあ悲鳴をあげながら床をのたうちまわった。充希を見ると、腹を抱えて笑っていた。

「高柳さん、ひっどーい。いっぺんに五本も落としちゃったら、拷問の意味ないじゃないですか?」

「心配するな。指は足にもある」

高柳は唐須の体をまさぐり、スマホを取りだした。

「よう、さっさと綿貫を呼べよ。指が失くなって、手足も失くなったら、首が飛ぶぞ。ダルマでさらし首だぞ」

唐須はひいひいと泣きわめきながら、左手でスマホを操作しはじめた。そのみじめな姿を前に、高柳と充希は笑いつづけた。

4

唐須が引き金を引いた回数は三回。発砲音を耳にした誰かが警察に通報していれば、パトカーのサイレンが聞こえてきてもおかしくない。

だが、逃げる気にはなれなかった。逃げたところで、行くあてがないからだ。パトカーに追われ、ドブネズミみたいに逃げまわるのだって勘弁だった。警察に踏みこまれたときは、充希とお互いを撃ちあって死ぬことにした。

「なに考えてんだ、唐須っ！　夜中の三時だぞっ！　カシラに連絡がつくわけねえだろうがっ！」

スマホのスピーカーから聞こえてくる怒鳴り声は、綿貫のものではなかった。下っ端とまでは言わないが、舎弟《しゃてい》か、舎弟の舎弟だろう。

「そっ、そんなこと言われても、カシラを呼ばないと私がっ……私がっ……」

嗚咽《おえつ》で言葉が継げなくなった唐須のかわりに、高柳は言った。

「さっさと来ねえと、唐須の指が一本ずつ落ちてくぜ」

「なんだテメエはっ！」

「なんだっていいから、早く〈エバーグリーン〉に来いよ。唐須のおっさんはもう、右手がないんだ。わかるか？　緊急事態なんだよ。綿貫叩き起こして、兵隊集めて、道具持っていますぐ店に来い」

「テメエら……」

その声の主は、スマホの向こうにいる男ではなかった。最初に倒し、まだトドメを刺していなかった黒い作業着の男が、ゾンビのように蘇《よみがえ》ったのだ。口から血を流しながら、左手でバットを握りしめていた。肘関節を痛めた右手は、ダランと垂らしたままだ。

「いったいなんなんだ……ひとり死んでるじゃねえか……唐須さんの手まで切り落として

……こんなことしてタダですむと思ってるのか?」

「おい、急いで来ないと死体が増えるぜ」

高柳はスマホに向かって言うと、立ちあがって黒い作業着に近づいていった。拳銃を構えているのに撃てなかった根性なしが、片手にバットでなにができるか見ものだった。怒りの形相《ぎょうそう》をつくろうとしても、顔面蒼白《そうはく》でビビッているのが一目瞭然《いちもくりょうぜん》だ。

ブンッ、と振られたバットをかわし、男の鼻っ柱に右の拳を叩きこんだ。ガクッと膝を折って崩れ落ちた頭をつかみ、顔面に膝蹴りを入れる。一発、二発……。

「先に襲撃してきたのはテメエらだろ。いまさらなに眠たいこと言ってるんだ。人を襲撃するならな、覚悟してやれよ、覚悟して……」

ギュイン、という音が店内に響いた。充希がチェーンソーを構えていた。高柳が唐須に電話をさせている間、スーツケースの中を漁《あさ》っていたのだ。

「使ってもいい?」

「ああ」

高柳は男の腕を背中でひねりあげ、ローテーブルに上体を伏せさせた。

「唐須とここにいたってことは、テメエはレイプ要員だな? 俺の女を犯そうとしたんだな? 判決は死刑だ」

「やっ、やめろっ! 殺さないでっ……殺さないでくださいっ……」

必死に命乞いする男に、充希がチェーンソーをギュンギュンうならせながら近づいてくる。電動式でも、それなりに音はする。音量ではなく、音質が戦慄を誘う。人の首を切り落とせる音だ。人殺しのメロディだ。

「いきなり首でもいいかな?」

高柳がうなずくと、充希は眼を輝かせて回転しているチェーンソーの刃を、男のうなじに押しつけた。

血飛沫《ちしぶき》が飛び、断末魔《だんまつま》の悲鳴があがる。初めて扱うチェーンソーに、さすがの充希も手こずっている。ためらい傷のようなものが何度も入る。高柳は飛んでくる大量の血に顔をしかめながら、男の腕を力まかせにひねりつづけた。ジタバタと足を動かせば、アキレス腱を思いきり踏みつけた。

やがて、動かなくなった。高柳が男から手を離すと、首から上が失くなった体が、ずるっとローテーブルから落ちていった。

残ったのは、後頭部を見せている首だけだ。高柳はそれをテーブルに立てた。すぐにコロンと転がったが、白眼を剝き、顔中の皮膚という皮膚を歪めるだけ歪めたデスマスクが現れた。高柳と充希は、それを上からまじまじと眺めた。

先に笑いだしたのは、高柳だったか、充希だったか。腹の底からこみあげてくるものをこらえきれなくなり、気がつけばゲラゲラ笑っていた。充希もそうだった。狂っている、と思った。自分たちは狂っている。

だが、それでいい。むしろ、もっと狂わなければならない。これは、やくざ対サイコキラーの戦いだ。狂えば狂うほど、勝利が近づいてくる。生首が乱れ飛び、血の雨が降りしきる中、最後に立っているのは自分たちだ。

「おいっ！」

生首の髪をつかみ、唐須の前に突きだした。ひいっ、と情けない声をあげて顔をそむけた反応が面白くて、生首を鼻面にこすりつけてやる。ひしゃげた銀縁メガネが、腫《は》れあがった顔から剝《は》がれ落ちる。

「電話しろっ！　根本組の組員、全員にだ。わからなかったら調べろ。出なかったらメッセージだ。生首にされそうだから助けてくれってな……」

唐須は眼に涙を浮かべ、途絶えることなくうめき声をもらしながら、ぶるぶると震えている左手でスマホを操作した。

次の瞬間、ギュインと音が鳴った。タッチパネルの上の人差し指が、飛んだ。スマホもまっぷたつに折れた。充希がチェーンソーを振りおろしたからだ。ぎゃっ、と唐須は悲鳴をあげ、切られた部分を押さえようとしたが、押さえるべき右手はすでにない。

「どうした？」

「だって……」

充希が唇を尖らせる。

「この人いま、一一〇番しようとしましたよ」

「なんだと……」

高柳が睨みつけると、

「もう勘弁してもらえませんかっ！」

唐須が悲愴な面持ちで絶叫した。

「こんな狂気の沙汰、もうこれ以上付き合いきれない。いったいなにが目的なんです？　こんなことしたって、店を取り返せるわけがないでしょ？　ここまでやったら、やくざも警察も黙ってませんよ。あんたたちにはもう、未来はない」

高柳と充希は眼を見合わせた。

「だけど……だけどここでやめれば、あとは私がなんとかします。手打ちにしましょう。死体もこっちで処理します。根本組の人間が来る前に、出ていってください」

唐須は顔中に脂汗を浮かべて哀願《あいがん》してきたが、

「あんた、意外に馬鹿なんだな。有名私大卒ってのは嘘だろう？」

高柳は床に落ちていた金属バットを拾いあげた。

「俺たちはここに死にに来たんだよ。かすり傷ひとつ負わなくて、かえって困っちゃってんだよ」

唐須の膝に、バットを振りおろした。もはや聞き飽きた唐須の悲鳴が、店内に響き渡る。血を出したくない場面では、バットも意外と役に立つ。両膝、そして両肩と、骨だけを砕いて、手も足も出せないようにしてやる。

「にっ、逃げられませんよ……」

全身の痛みに悶絶《もんぜつ》しながら、唐須は声を絞りだした。

「本職の不良を敵にまわしたら、日本中どこに行っても……いや、地球の裏側まで追いかけられる。絶対に逃げられない」

「ハッ、あの世まで追いかけてきたらたいしたもんだ」

高柳は笑った。

「充希」

「はい」

「景気づけに馬鹿高いシャンパンでも飲もうか?」

「いいですね」

アハ、と充希は悪戯《いたずら》っぽく舌を出した。

「喉がすごく渇《かわ》いてるから、きっととってもおいしいですよ」

5

静かだった。

耳をすましていることに、疲れることはなかった。薄闇の中、高柳と充希は見つめあっていた。時折、軽いキスをした。あたりは血の匂いがむせかえるほどなのに、キスをする瞬間だけは、シャンパンの甘く芳醇《ほうじゅん》な香りが鼻先で揺らいだ。

足音が聞こえてきた。

物音をたてないように注意しているようだったが、これだけ静かであれば、嫌でも気づく。

時刻は午前四時を過ぎていた。唐須に電話をさせてから一時間ほどが経っていたが、待たされたという感覚はない。待たされている時間も、高柳と充希にとっては有意義なものだったからだ。

扉が開いた。その前に拳銃のスライドを引くような金属音がした。入ってくる気配がする。慎重に動いている。人数はわからない。警察かもしれない。唐須が三発の弾丸を撃ってから、すでに一時間以上経過している。通報されていない、と高柳は読んでいたが、油断はできない。

人の気配は、五人くらいだった。六、七人の気もするが、動かない。声もしない。唖然としているに違いない。警察であろうがやくざであろうが、さすがに胆を冷やしているだろう。

店に入ってきた人間を出迎えるのは、テーブルに並べられた三つの生首だ。唐須の首と、名も知らぬチンピラの首がふたつ。切り刻んだ手足も、デコレイトしておいた。店内の照明は営業中と同じ間接照明に変えてある。薄闇の中、非常用の懐中電灯で三つの生首をライトアップした。

「ひでえことしやがる……」

声が近かった。高柳は充希と眼を見合わせた。お互いに拳銃を持っている。汗ばんだ手のひらをズボンで拭《ぬぐ》い、グリップを握り直す。

「どういうことなんですか、カシラ……」

高柳と充希はうなずきあった。若頭の綿貫がいる。警察ではない。綿貫本人は来ないかもしれないと思っていたが、さすがに見逃すことができなかったらしい。唐須は拳銃を持っていた。発砲騒ぎが表沙汰になれば、若頭にまで捜査の手は及ぶ。

「死体をこんなに切り刻むなんて、イカれてやがる……」

「黙っとれ」

遮ったのは、おそらく綿貫だ。

高柳は綿貫に関する記憶を呼び起こした。年は四十代前半、いつも見るからに高そうなスーツと時計と靴を身につけている。細面《ほそおもて》の顔立ちは整い、体はシェイプアップされ、物腰はスマート。一見エグゼクティブふうだが、堅気とは決定的に違う雰囲気をまとっている。修羅場《しゅらば》を何度もくぐり抜けてきたであろう、殺伐《さつばつ》としたオーラがある。

「おーいっ！」

綿貫が言った。

「いったいなんなんだ？　どこのどいつだっ！　こんなことしたのはっ！」

声が尻上がりに大きくなっていった。店内のどこかに、犯人が隠れていると思っての威《い》嚇《かく》だろう。残念ながら、そんなに遠くにはいない。すぐ側にいる。生首が並んだテーブルの下、黒いクロスの陰に隠れて足元に……。

もう一度、高柳と充希はうなずきあった。呼吸を合わせて、人の気配のする方に銃口を向けた。

ドンッ、ドンッ、ドンッ、ドンッ、と二丁の拳銃が火を吹いた。黒いクロスの向こうで、野太い悲鳴があがった。高柳は弾倉の弾丸をすべて使いきるつもりで連射した。充希にもそう伝えてある。ここで撃ち尽くし、あとは野となれ山となれだ。

弾丸がなくなると、テーブルをひっくり返した。刻んだ手足がバラバラと落ち、生首が転がった。よろめきながらソファの陰に隠れる敵の姿が見える。ひとり……ふたり……足を引きずりながら、ドンッ、と撃ってきた。

高柳は頭を伏せながら床に転がった拳銃を拾った。目の前には、派手なブランドジャージを着た男が三人倒れていた。腹や太腿《ふともも》から盛大に血を流して悶絶しているが、死んでいる者はいない。足元から見えない標的に乱射したので、心臓や頭にはあたらなかったらしい。とはいえ、上出来だ。

拾った拳銃は三丁あった。それを持って、カウンターの裏に隠れた。バンッ、と頭上でボトルが割れた。充希の姿はすでになかった。カッターナイフだけを武器に、かくれんぼを始めたようだ。

バンッ、ともう一度ボトルが割れる。拳銃を持ってソファの陰に隠れたのはふたりだと思ったが、もうひとりくらいいるかもしれない。プラス、戦闘不能で倒れている男が三人。いつゾンビのように蘇るかわからないが、数に限りのある弾丸を使ってトドメを刺す気にはなれない。

ドゥ、ドゥ、ドゥ、ドゥ、ドゥ、ドゥ、ドドドゥ……ドゥ、ドゥ、ドゥ、ドゥ、ドゥ、ドゥ、ドドドゥ……。

狙うのはまだ元気に殺意をみなぎらせている連中だ。もう逃げも隠れもしない。高柳は二丁の拳銃を左右の手に握りしめると、立ちあがった。腕を伸ばし、胸を張って、人の気配のする方向に銃口を向ける。ドンッ、ドンッ、ドンッ、と連射する。銃声が轟《とどろ》き、発砲炎が光る。

相手も撃ってきた。空気を切り裂く弾丸の気配が、顔のすぐ近くを通過していく。恐怖に心臓が縮みあがる。それでも、二丁の拳銃を撃ちまくる。恐怖より、熱狂のほうが勝っている。脳内麻薬がドバドバ出ている。

不意に、父の見ていた光景が脳裏《のうり》をよぎっていった。

白昼の路上、自分の会社の上部組織であるやくざの組長に、日本刀を振りかざして斬りかかっていった父――もちろん、高柳はその現場にはいなかった。

なのに、自分が父に成り代わったような臨場感があった。まぼろしでも、興奮に全身の血が沸騰しそうだった。父の血も、こんなふうにたぎっていたに違いない。父が人を殺した理由は知らない。だが、人を殺したときの恍惚《こうこつ》は理解できる。そのことがたまらなく嬉しい。ある日突然目の前からいなくなった父が――尊敬し、憧れだった存在から受け継いだ血が、いまこんなにも熱くたぎっている。

野次馬が撮った写真の中で、父は笑っていた。高柳はその理由をようやく理解できた気がした。父は殺人そのものの快楽に酔っていたわけでない。

大きなものに挑んでいったから笑っていたのだ。

自分を呑みこみそうな巨大な悪の組織に、日本刀一本で襲いかかっていったからこそ、父は恍惚を覚え、あんなふうに笑わずにいられなかったのだ。

実のところ、高柳は酔っ払いをいくら殺しても、どこか満たされていなかった。だから五人も殺してしまった。穴井を殺したときがいちばん興奮した。いまはあのときより、何十倍も興奮している。

根本組の若頭、綿貫俊充――五反田界隈では、その名刺を出すだけで、たいていのトラブルは解決する。そんな男を、自分はいま撃ち殺そうとしている。この手で支配しようとしている。

二丁の弾丸を使い尽くした高柳は、いったんカウンターの陰に隠れた。向こうも銃撃をやめている。弾丸を温存するためだろう。こちらには、拳銃がもう一丁。

「出てきやがれ、綿貫っ！」

身を屈《かが》めたまま叫んだ。

「うまいこと頭か心臓を撃ち抜かれたほうがいいぜ。下手《へた》に生き残ると、手足を切り落とされてダルマだ。首も落としてさらし首だ」

言葉は返ってこない。こうなったらもう、殺しあうしかないからだろう。さすがに本職は胆が据わっている。口から出まかせで手打ちをもちかけてきた唐須とは違う。残った拳銃のスライドを引きながら、笑みがもれた。充希がチェーンソーで唐須の首を切り落とした瞬間のことを思いだしたからだった。

生きたまま、チェーンソーで切った。うつ伏せではなく、あお向けだった。悲鳴がうるさかったので口にはおしぼりを突っこんだ。回転する刃が喉に食いこんだとき、唐須は血走った眼を見開けるだけ見開いていた。

そのとき——。

ゆらり、と横側で人影が揺れた。高柳は拳銃を構えていなかった。一瞬だが、油断していた。相手の銃口はこちらを向いている。動けない。

「テメエみたいな三下《さんした》に、呼び捨てにされる覚えはねえぜ」

綿貫だった。

「いったいなんのつもりなんだ？　目的はなんだ？」

冷や汗が頬を伝う。それでも口からは威勢《いせい》のいい台詞が飛びだしていく。

「あんたらを皆殺しにすることだよ。思いつく限りむごたらしいやり方でな」

「銃を捨てろ」

「断る」

高柳は覚悟を決めた。

「撃ちたかったら撃てばいい。こっちも撃つっ」

狭いカウンターの中では、身を翻《ひるがえ》す場所もなかった。全身をさらしたまま、銃口を綿貫に向けた。引き金を引く前にズドンと銃声がし、閃光が走った。左肩が燃えあがった。撃たれたらしい。もう一度、銃声と閃光。今度ははずれた。高柳も引き金を引いた。あたらなかったが、綿貫は顔をそむけた。

その隙に、高柳はカウンターの上を転がり、フロア側に出た。カウンターの上にあった大量のグラスが、派手な音をたてて割れた。身を屈め、ソファにぶつかりながら走った。

ズドンッ、ズドンッ、と銃声が追いかけてくる。ヘッドスライディングをするように、絨毯《じゆうたん》の上で体を伏せた。

耳をすました。気配を探った。敵は綿貫だけではない。もうひとりかふたりいる。部屋の中央に、灰皿を投げてみた。動きはない。いや——。

「テメエッ！」

頭上から、男が飛びかかってきた。両手に得物はない。弾丸が切れたのかもしれない。体が密着した瞬間、高柳は男の腹に銃口を押しあてて引き金を引いた。男は悲鳴をあげてのたうちまわった。即死ではないが、致命傷だろう。高柳はふうふうと息をはずませながら、往生際を悟ったやくざの顔をぼんやりと眺めた。

うおっ、と叫び声があがった。

綿貫のいる方向だった。ソファの陰から顔を出して様子をうかがうと、綿貫は右の手首から血を流していた。ドクドクと流れる音まで聞こえてきそうだった。傍らで、充希がすくっと立ちあがる。拳銃を綿貫の頭に突きつける。さすがだ。

「よし」

高柳は声をあげた。

「隠れてるやつ、両手をあげて出てこい」

フロアに銃口を向け、眼を凝らす。

「出てこねえと、綿貫の頭をぶち抜くぞ。いいんだな？」

一瞬の静寂ののち、男がひとり、ソファの陰から姿を現した。両手をあげていたが、高柳は近づいていって引き金を引いた。眉間《みけん》に風穴を空けられた男は、ドサッと重い音をたててその場に倒れた。

続いて、綿貫のほうに向かう。途中、床に転がっていた手斧を拾いあげた。拳銃を腹に差し、斧の柄を握りしめる。

ハスクバーナの木製グリップは、やはり拳銃のグリップよりしっくりきた。全身に殺意がみなぎる。被弾した左肩が燃えるように痛んだが、どうだっていい。

「膝をついて命乞いしろ」

高柳は綿貫の鼻先に斧の刃を突きつけた。

「聞こえないのか？　まず膝をつけ」

「誰が……」

ふて腐れたように顔をそむけた綿貫に、高柳は斧を振りおろした。左耳を削ぎ落とし、そのまま斧の刃は左肩に食いこんだ。悲鳴をこらえたのはさすがだった。左耳があったところを押さえながら、すさまじい眼力で睨みつけてくる。

「殺せや……ひと思いにやってみろや……」

血走った眼つきで瞼《まぶた》をぴくぴく痙攣《けいれん》させる様子が、往年の任侠《にんきょう》映画のスターの真似をしているようで、噴きだしそうになった。

「誰がひと思いになんかやるかよ」

高柳は足元に落ちている綿貫の耳を踏みにじった。斧を振りあげ、今度は右肩に刃を食いこませた。グリップに鎖骨の砕ける硬い感触が伝わり、さすがの綿貫も濁った悲鳴をあげて膝をついた。

「命乞いしろ」

高柳が言ったのと、充希がチェーンソーをうならせたのが、ほぼ同時だった。

「しなけりゃ、また体のどっかが落っこちる。命乞いをして、組長を呼ぶんだ。なんだったら、上の組織に声をかけたっていい」

「ふっ、ふざけんな……」

「どっちが仕掛けてきた喧嘩だよ。とことんやろうじゃねえか。マシンガンくらい持ってねえのか？　店ごと吹っ飛ばせるダイナマイトとかよう……」

唖然としている綿貫の口から、ぎゃあっ、と悲鳴があがった。

充希がうなるチェーンソーで、右耳を削ぎ落としたからだった。即座に右腕も切りつける。ギュンギュンという音とともに、血が噴きだした。白とピンクの肉片があたりに飛び散り、グレイの絨毯にみるみる異様な模様ができていく。

唐須をはじめとした三人を解体したことで、充希はすっかりチェーンソーを扱うコツをつかんでいた。痛みから逃れるように床に倒れた綿貫を追いかけていき、肘の上から右腕を落としてしまう。

痛みに叫び、ジタバタと暴れている綿貫の脚を、高柳は靴底で踏みつけてフォローした。膝の皿は、左右とも確実に割った。次は脚を切ろう、と充希と目配せしあう。高柳が綿貫の足首をつかみ、充希がチェーンソーをギュンギュンうならせる。

「命乞いしろ」

「……殺せ」

綿貫の声は、気の毒なほど震えていた。

「さっさと殺せばいい、三下……」

「楽に死にたいなら、組長を呼びだすんだ」

答えない。

「ダルマになりたいか？　さっきダルマにした三人は全員、生まれてきたことを後悔してるような顔をしてたぜ。そうなりたいか？　どうなんだ？　ええ？」

まだ黙っているので、高柳は充希を見た。

「ダルマじゃなくて、胴体をまっぷたつにしてみるか？」

充希が笑った。

「まっぷたつじゃすぐ死にそうだから、切腹にしましょうよ。切ったところから内臓がデロデロ出てくれれば、気が変わるんじゃないですか？」

綿貫の顔が恐怖に歪みきったときだった。

「もしもしっ！　もしもしっ！」

背後から、叫ぶような声が聞こえた。最初の銃撃で倒し、まだ死んでいなかった男のひとりだ。スマホで電話をしている。

「ごっ、五反田有楽街の〈エバーグリーン〉っていうキャバクラに、すぐ来てください。やくざが殺しあいをしてますっ！　ピストル撃ちあってますっ！」

警察に通報したらしい。

充希がチェーンソーを放りだし、男に駆けよっていく。ズドンッ、と後頭部を撃ち抜き、もう一発、スマホにも弾丸で穴を空けた。

「ふざけやがって……」

高柳もそちらに向かい、まだ息をしているふたりに、斧を振りおろして地獄に送った。

「なにがやくざの殺しあいだよ。こっちはやくざでもなんでもねえぜ」

高柳は充希と眼を見合わせた。鼻白んだ顔をしている。高柳もしらけてしまった。いまの通報で、警察は何分後にここに到着するだろう？

「もう命乞いはしなくていいぞ……」

綿貫の髪をつかみ、体を起こした。失禁して股間を濡らしている。いや、この臭いは脱糞までしていそうだった。みじめなものだ。

「最期に言い残すことはあるか？」

「おっ、おまえたちは狂ってる……」

高柳と充希は、眼を見合わせて笑った。

「最高の讃辞だよ」

高柳は歯を剝いて綿貫に笑いかけた。

「あんただってやくざなんだから、人殺しくらいしたことあるだろ？　気持ちよかっただろう？　最高すぎて笑っちまっただろう？」

「かっ、家族はっ……家族にだけは手を出さないでくれっ……」

綿貫は完全に取り乱し、涙を流して哀願してきた。

高柳はますますしらけた気分になり、

「テメエよりひでえやり方であの世に送ってやらあ」

綿貫の泣き顔が絶望の色に染まりきるのを確認してから、斧を振りあげた。ドンと振りおろし、脳天唐竹《からたけ》割りで頭蓋骨を粉砕してやった。

エピローグ

明け方の海に出るのは初めてだった。

いつもは漆黒《しっこく》の空が、群青《ぐんじょう》色に染まっている。星が妙に綺麗だったが、もうすぐ夜が明ける。星なんて見えなくなる。

「悪かったね、船長。朝っぱらから叩き起こして」

高柳はデッキで潮風に吹かれながら、操縦席の男に声をかけた。

「そのぶん、報酬ははずむから。電話で約束した通り」

「なあに、お得意様だ。気にせんでええ」

船長は日焼けした顔に薄い笑みを浮かべ、行く手に遠い眼を向ける。

高柳は結局、〈エバーグリーン〉で人生の幕引きができなかった。まわりがやくざの死体だらけというのも不快だったし、警察に踏みこまれて慌てて死ぬのも気が向かなかった。それは最後の最後の奥の手だった。

となると、死に場所は東京湾くらいしか思いつかなかった。穴井を含め計六回、コンクリート漬けの死体を沈めた。コールタールのように黒光りする夜の海と、油じみた潮の香りが、ひどく懐かしく感じられた。

いつものようにスーツケースを携《たずさ》えず、女連れでマリーナに現れた高柳を見て、船長はさすがに驚いたようだった。

「今日は単なる早朝クルージングかい？」

「まさか。死体はこれからふたつできる。コンクリート詰めにする必要もない。魚の餌《えさ》で充分だ」

普段は一体沈めるたびに五十万の報酬だったが、倍の百万を払うと約束した。金は〈エバーグリーン〉の金庫から拝借してきた。

船長は表情を変えずにうなずいた。金さえ手に入るのなら細かいことは気にしないのだろう。まさに世捨て人。興味があるのはクルーザーを維持することだけ。

「ねえ、高柳さん……」

隣で潮風に吹かれている充希が声をかけてきた。返り血を浴びすぎた服ではタクシーにも乗れないから、店にあったドレスを拝借してきた。肩と胸元を大胆に露出した、純白のロングドレスだ。

着替えたのは、〈エバーグリーン〉のすぐ近くにあるラブホテルだ。シャワーを浴び、身支度を整えて外に出ると、〈エバーグリーン〉の入った雑居ビルはパトカーに囲まれていた。勝手知ったる界隈《かいわい》なので、裏道を抜けてタクシーを拾《ひろ》うのは難しくなかった。

「わたし、花嫁さんみたいじゃないですか？」

充希が両手をひろげ、茶目っ気たっぷりにくるりと一回転する。高柳が黒服用のブラックスーツなので、ふたりで並んでいると新郎新婦の気分になってくる。

「綺麗だよ」

「本当に？」

「ああ」

高柳はまぶしげに眼を細めた。充希の胸元には〇・七五カラットのダイヤが光っていた。ティファニーの鑑定書はアルファードの中に忘れてきてしまったが、いまさら必要ないだろう。

「寒くないかい？」

「はい。こんなに肌を出してるのに、全然寒くないんですよ」

充希は露出した二の腕をさすりながら、複雑な笑みを浮かべた。

「まだ体が熱い……ずっと火照《ほて》ったまま……わたしたちって、やっぱり自然の失敗作ですね。人を殺してあんなに興奮しちゃうなんて」

「……そうだな」

「でも、結局こうなっちゃいました。ふたりで殺しあうことに」

「俺はこれでよかったと思ってる。まあ、ふたりで一緒に殺されるっていうのも、ロマンティックな感じがしたけど……相手があの連中じゃな。途中から、こりゃダメだと思ってた。絶対に生き残って、充希とふたりきりになりたかった」

「そう言われるのは……嬉しいですけど……」

高柳が肩を抱くと、充希も腰にしがみついてきた。

彼女の腹の据わり方と殺人術は驚異的だった。高柳は左肩を撃たれたが、充希は結局、まったくの無傷で死体だらけの〈エバーグリーン〉をあとにしたのだ。

「おーい、ここらへんでいいかい？」

操縦席から、船長が声をかけてきた。川崎沖に着いたようだが、工場群をライトアップする光はすでに消えていた。煙突もプラントもただの巨大な影となり、クルージングをする人の眼を楽しませてはくれない。

高柳は操縦席に行き、上着のポケットから札束を出した。輪ゴムでとめられた百万の束を三つ、操縦桿《かん》のついたテーブルに置いた。

「死体はふたつじゃなかったのかい？」

船長が不思議そうな眼を向けてくる。

「いや三つだ。船長。俺が頻繁《ひんぱん》にあんたのクルーザーを使ってるって話、根本組にチクッただろう?」

日焼けした顔がこわばった。

唐須が生首にされる前に白状した。高柳が頻繁に死体を処理しているという話を、クルーザーを使う死体処理請負人が伝えてきたと……。

船長は裏社会全般とパイプがある。根本組とも繋《つな》がりがあったのだろう。

斉門の話を聞いたときから、違和感があったのだ。高柳がひとりで穴井を始末したという情報だけで、はたしてやくざが襲撃するほど執着してくるのかどうか。そこまでして、殺しの仕事を押しつけようとするものなのか。

穴井が地元で有名な暴れん坊だとしても、人ひとり消したなんて話は、裏社会なら珍しくもない。だが、穴井に加え、半年で五人も東京湾に沈めたとなれば、話は違ってくる。プロの殺し屋ではないかと、やくざがコンタクトをとりたくなってもおかしくない。

ドンッ、と船長の眉間《みけん》に弾丸を撃ちこんだ。世捨て人の痩《や》せた体は、船を揺らす波の振動を噛《か》みしめるようにゆらゆらと揺れてから、静かに崩れ落ちた。愛するクルーザーで死ねたのだから本望《ほんもう》だろう。

ドゥ、ドゥ、ドゥ、ドゥ、ドゥ、ドドドゥ……ドゥ、ドゥ、ドゥ、ドゥ、ドゥ、ドゥ、ドドドゥ……

　デッキに戻ると、充希が潮風に吹かれながら口ずさんでいた。

　もう夜が明ける。群青色の空が少し明るくなり、彼方《かなた》の水平線がピンク色に色づきはじめている。死に方はすでに、充希と相談して決めてあった。

　ドゥ、ドゥ、ドゥ、ドゥ、ドゥ、ドゥ、ドドドゥ……ドゥ、ドゥ、ドゥ、ドゥ、ドゥ、ドゥ、ドドドドゥ……。

　高柳も口ずさんだ。充希が笑いかけてくる。一緒に口ずさむ。

　眼が合ったが、キスはしなかった。いまの気分に、口づけは甘すぎる。もっと激しく、燃え狂うような熱い感情が、胸の奥で渦巻《うずま》いている。高鳴る心臓の音を重ねるように、抱きしめあう。

　高柳は拳銃を出し、銃口を充希の腹にあてた。充希がカチカチとカッターナイフの刃を出す。声などかけあわなくても、タイミングは合うはずだった。

　知りあって三カ月、男と女の関係になってから二カ月あまり。普通のカップルのように、映画館や遊園地でデートしたことはない。食事だって、白金の一軒家レストランに行ったのが初めてだ。

　高柳と充希は毎日、取り憑《つ》かれたようにセックスしていた。高柳が〈エバーグリーン〉に行かなくてよくなったこのひと月はとくにそうで、連日朝まで求めあった。お互いを感じさせるために、無言の努力を繰り返した。なるべく大きな恍惚《こうこつ》を分かちあおうと、いつだって見つめあいながらタイミングを計っていた。

おかげで充希との思い出は、セックスばかりだった。清潔な白い肌、欲情したときの強い匂い、絶頂を求める濡れた瞳……。

後悔はなかった。こうやって最期に思いだしているのが、オルガスムスに歪《ゆが》んでいる充希の顔なのは悪くない。

「思い残すことは？」

充希に訊《たず》ねると、大きく息を吸い、吐きだした。

「ありません」

高柳はうなずき、引き金を引いた。ズドンッ、という銃声が群青色の広い空にこだまし、ほぼ同時に、カッターナイフで喉を切られた。

銀色に輝く刃が顎の下をすっと通過し、目の前が血の色に染まった。空も海も正面にいる充希も、なにもかも真っ赤だった。潮風さえ赤く染まり、血飛沫《ちしぶき》を孕《はら》んで巻きあがると、燃えているように見えた。

これが自分たちの愛の色だろうか？

なるほど、この世のものとは思えないほど美しく、荘厳な景色だったが、喉に火箸《ひばし》をあてられたような激痛と、迫りくる死の恐怖に叫び声をあげたくなった。

それでもなんとか自分を奮い立たせ、ズドンッ、と充希の左胸を撃った。

先に腹を撃ったのは保険だった。いきなり心臓を撃ち、カッターナイフが使えなくなってしまっては困るからだ。

船影など見当たらないのに、汽笛が聞こえた。

切られた自分の喉から空気がもれている音だった。汽笛のような音だけではなく、驚くほど大量の血が流れだし、噴きだしている。

もっと噴け！

もっと流れろ！

高柳は声にならない声で叫んだ。体中の血がすべて流れだし、浄化されればいい。全身の血を入れ替えて、別のなにかに生まれ変わりたい。

充希はもう、眼の焦点が合っていなかった。こちらにしがみついていることもできなくなりそうだったので、そのままふたりで、海に落ちた。

ドボンッ、と自分たちが落ちた音を聞いたのが、意識のある最後だった。

無事にエンドマークをつけられて安心した。

初秋の海は冷たかった。すべての生命の源とは思えないほど汚濁《おだく》にまみれていた。しかし、そこに流れだす人殺したちの血だけはどこまでも熱く、愛の炎のように轟々《ごうごう》と燃え狂っていた。

人殺しの血

一〇〇字書評

切り取り線

購買動機（新聞、雑誌名を記入するか、あるいは○をつけてください）	
□（　　　　　　　　　　）の広告を見て	
□（　　　　　　　　　　）の書評を見て	
□ 知人のすすめで	□ タイトルに惹かれて
□ カバーが良かったから	□ 内容が面白そうだから
□ 好きな作家だから	□ 好きな分野の本だから

・最近、最も感銘を受けた作品名をお書き下さい

・あなたのお好きな作家名をお書き下さい

・その他、ご要望がありましたらお書き下さい

住所	〒				
氏名		職業		年齢	
Eメール	※携帯には配信できません	新刊情報等のメール配信を 希望する・しない			

この本の感想を、編集部までお寄せいただけたらありがたく存じます。今後の企画の参考にさせていただきます。Eメールでも結構です。

いただいた「一〇〇字書評」は、新聞・雑誌等に紹介させていただくことがあります。その場合はお礼として特製図書カードを差し上げます。

前ページの原稿用紙に書評をお書きの上、切り取り、左記までお送り下さい。宛先の住所は不要です。

なお、ご記入いただいたお名前、ご住所等は、書評紹介の事前了解、謝礼のお届けのためだけに利用し、そのほかの目的のために利用することはありません。

〒一〇一－八七〇一
祥伝社文庫編集長　坂口芳和
電話　〇三（三二六五）二〇八〇

祥伝社ホームページの「ブックレビュー」からも、書き込めます。
www.shodensha.co.jp/bookreview

祥伝社文庫

人殺《ひとごろ》しの血《ち》

令和 2 年10月20日　初版第 1 刷発行

著　者　草凪優《くさなぎゆう》
発行者　辻　浩明
発行所　祥伝社《しょうでんしゃ》
東京都千代田区神田神保町 3-3
〒101-8701
電話　03（3265）2081（販売部）
電話　03（3265）2080（編集部）
電話　03（3265）3622（業務部）
www.shodensha.co.jp
印刷所　萩原印刷
製本所　ナショナル製本
カバーフォーマットデザイン　芥 陽子

 ISBN978-4-396-34676-8 C0193

祥伝社文庫の好評既刊

草凪 優
悪の血
宝物である悪友の妹・潮音《しおね》をレイプされた――ドラッグの売人で社会の底辺で生きる和翔《かずと》は復讐を決意する。

草凪 優
ルームシェアの夜
優柔不断な俺、憧れの人妻、年下の恋人、入社以来の親友……。もつれた欲望と嫉妬が一つ屋根の下で交錯する！

草凪 優
女が嫌いな女が、男は好き
超ワガママで可愛くて体の相性は抜群。だがトラブル続出の「女の敵」！ そんな彼女に惚れた男の〝一途〟とは⁉

草凪 優
俺の女課長
知的で美しい女課長が、ノルマのためにとった最終手段とは？ セクシーな営業部員の活躍を描く、企業エロス。

草凪 優
俺の女社長
清楚で美しい女社長。ある日、もう一つの〝貌《かお》〟を知ったことから、彼女との切なくも甘美な日々が始まった……。

草凪 優
元彼女《モトカノ》…
別れて三年、ふいに甦《よみがえ》った元彼女の肢体……。過去と現在が狂おしく交差する青春官能の傑作。

祥伝社文庫の好評既刊

草凪 優 **俺の美熟女**

俺は青いリンゴより熟《う》れきったマンゴーの方が断然好きだ——。熟女の滴《したた》るような色香とエロスを描く傑作官能。

草凪 優 **奪う太陽、焦《こ》がす月**

意外な素顔と初々《ういうい》しさ。定時制教師・浩之《ひろゆき》が欲情の虜《とりこ》になったのは、二十歳《はたち》の教え子・波留《はる》だった——。

草凪 優 **裸飯《はだかめし》 エッチの後なに食べる？**

美味しい彼女と淫らなごはんを——。ギャップに悶えて蕩ける、性と食の情緒を描く官能ロマン、誕生！

草凪 優 **金曜日 銀座 18:00**

東京が誇るナンパスポット、銀座・コリドー街。煌《きら》めく夜の街で、恋とセックスを求め彷徨《さまよ》う、男女の物語。

草凪 優 **不倫サレ妻慰めて**

今夜だけ、抱いて。不倫、浮気をサレた女との出会いと別れ。悲しみに暮れる表情に湧き上がる衝動。瑞々しい旅情官能。

草凪 優 **ルーズソックスの憂鬱《ゆううつ》**

人生を狂わせた女子高生純菜《じゅんな》が、二十年後、人妻として隣に越してきた。矢崎孝之は復讐を胸に隣家を覗《のぞ》くと……。

祥伝社文庫の好評既刊

安東能明
限界捜査
人の砂漠と化した巨大団地で消息を絶った少女。赤羽中央署生活安全課の疋《ひき》田《た》務《つとむ》は懸命な捜査を続けるが……。

安東能明
侵食捜査
入水自殺と思われた女子短大生の遺体。彼女の胸には謎の文様が刻まれていた。疋田は美容整形外科の暗部に迫る――。

安東能明
ソウル行最終便
日本企業が開発した次世代8Kテレビの技術を巡り、赤羽中央署の疋田らが韓国産業スパイとの激烈な戦いに挑む！

新堂冬樹
炎《ひ》と氷
炎の様な暴力の男・世羅《せら》。氷の様な冷徹な頭脳の男・若瀬《わかせ》。かつては親友同士の闇金二人が袂《たもと》を分かった!!

新堂冬樹
黒い太陽 上
風俗王を目指す若き男。立ちはだかるキャバクラ界の帝王。凄絶な闘いの行方は？　業界の裏側を描く暗黒小説。

新堂冬樹
黒い太陽 下
三兆円産業を制するのは誰だ？　TVドラマ化され、キャバクラ店長が絶句したほどの圧倒的リアリティ！

祥伝社文庫の好評既刊

南 英男
異常犯 強請屋《ゆすりや》稼業
悪党め！ 全員、地獄送りだ！ 一匹狼の探偵が怒りとともに立ち上がる！ 甘く鮮烈でハードな犯罪サスペンス！

南 英男
奈落 強請屋《ゆすりや》稼業
違法カジノと四十数社の談合疑惑。悪逆非道な奴らからむしり取れ！ 一匹狼の探偵が大金の臭いを嗅ぎつけた！

南 英男
挑発 強請屋《ゆすりや》稼業
一匹狼の探偵が食らいつくエステ業界の華やかな闇――美しき女社長は甘くて怖い毒を持つ⁉

沢里裕二
淫爆《いんばく》 FIA諜報員 藤倉克己《ふじくらかつみ》
爆弾テロから東京を守れ！ あの『処女刑事』の著者が贈る、とっても淫らな国際スパイ小説。

沢里裕二
淫奪《いんだつ》 美脚諜報員 喜多川麻衣《きたがわまい》
現ナマ四億を巡る「北」の策謀を阻止せよ。局長の孫娘にして英国諜報部仕込みの喜多川麻衣《きたがわまい》が、美脚で撃退！

沢里裕二
淫謀《いんぼう》 一九六六年のパンティ・スキャンダル
一枚のパンティが領土問題を揺るがす。蠢く大国の強大なスパイ組織に対して、体を張ったセクシー作戦とは？

〈祥伝社文庫　今月の新刊〉

五十嵐貴久　**波濤《はとう》の城**
沈没寸前の豪華客船、諦めない女消防士の救出劇。

原田ひ香　**ランチ酒**
料理と酒に癒される、珠玉の人間ドラマ×絶品グルメ。

青柳碧人　**天使のアイディア**
少女の仕掛ける驚天動地のトリックが捜査を阻む！

福田和代　**いつか夜は明けても**　S&S探偵事務所
最強ＩＴ探偵バディが人口激減を企むハッカーに挑む。

草凪　優　**人殺しの血**
「父親の罪が俺を怪物にした」男と女の逃避行はじまる。

近藤史恵　**Shelter**　新装版
体の声を聞き、心のコリをほぐす整体師探偵シリーズ第三弾。

笹沢左保　**霧に溶ける**
完全犯罪の企みと女の狂気、予測不能のミステリー。

鳥羽　亮　**剣鬼攻防**　介錯人・父子斬日譚
父を殺され、跡を継いだ若き剣士が多勢の賊を討つ！

今月下旬刊　予定

あさのあつこ　**人を乞《こ》う**
父の死後、兄弟が選んだ道とは。感動のシリーズ完結編。

黒崎裕一郎　**必殺闇同心　娘供養**　新装版
〈闇の殺し人〉直次郎が消えた娘たちの無念を晴らす。

今村翔吾　**襲大鳳《かさねおおとり》（下）**　羽州ぼろ鳶《とび》組
尾張藩邸を猛火が襲う。現れた伝説の火消の目的は？

夏見正隆　TACネームアリス　**地の果てから来た怪物（上）**
日本海に不審な貨物機が。Ｆ15Ｊが確認に向かうが…。

夏見正隆　TACネームアリス　**地の果てから来た怪物（下）**
国籍不明のＦ15が空自機を撃墜！　その狙いと正体とは！

小杉健治　**白菊の声**　風烈廻り与力・青柳剣一郎
悪人の見る悪夢の正体は？　剣一郎が冤罪に立ち向かう。

野口　卓　**承継のとき**　新・軍鶏侍
元服した源太夫の息子は、剣を通じて真の友を見出す。